어둠 속 어딘가

월터 딘 마이어스 지음
이승숙 옮김

어둠 속 어딘가

초판 1쇄 2016년 12월 20일
초판 4쇄 2022년 11월 30일

글쓴이 월터 딘 마이어스
옮긴이 이승숙
펴낸이 조영진
펴낸곳 고래가숨쉬는도서관
출판등록 제406-2012-000082호
주소 경기도 파주시 회동길 329(서패동) 2층
전화 031-955-9680-1 팩스 031-955-9682
홈페이지 www.goraebook.com
이메일 goraebook@naver.com

* 값은 뒤표지에 적혀 있습니다.
* 잘못 만든 책은 구입하신 서점에서 바꾸어 드립니다.
* 책의 내용과 그림은 저자나 출판사의 서면 동의 없이 마음대로 쓸 수
  없습니다.

ISBN 979-11-87427-10-4 43840
이 도서의 국립중앙도서관 출판시도서목록(CIP)은 서지정보유통지원시
스템 홈페이지(http://seoji.nl.go.kr)와 국가자료공동목록시스템(http://
www.nl.go.kr/kolisnet)에서 이용하실 수 있습니다.
(CIP제어번호 : CIP2016026617)

SOMEWHERE IN THE DARKNESS

품명 도서 | 전화번호 031-955-9680 | 제조년월 2022년 11월
제조국명 대한민국 | 제조자명 고래가숨쉬는도서관
주소 경기도 파주시 회동길 329 2층 | 사용 연령 12세 이상
* KC마크는 이 제품이 공통안전기준에 적합하였음을 의미합니다.

이 책에 쏟아진 찬사들

■ Publishers Weekly – 마이어스는 도덕적 판결을 내리지 않고, 객관적으로 엄격한 한 편의 리얼리즘을 창조하며 인물들을 제시한다. (……) 분명히 청소년들에게 영향을 줄 것이다.

■ Booklist – 마이어스는 결코 더 잘 쓸 수 없었을 것이다. 도심에서 남부의 지방까지, 엄격한 사회적 리얼리즘에서 보편적인 아버지와 아들의 여행을 탐색한다. (……) 장면들이 영화적이고 긴장된다. (……) 주인공들은 조용히 강렬하게 이끌린다. (……) 마이어스는 감정적 행위와 자존감의 섣부른 해결을 허용하지 않는다.

■ Kirkus Reviews – 비극적이고 재미있고 유쾌하며 쾌활한 소설에 탁월한 작가가 비장하게 썼지만, 희망이라는 현실적 빛을 제시한다. (……) 여기에서 마이어스는 감동적인 그림을 그린다. (……) 진지하고 흥미를 불러일으키며 통찰과 디테일이 풍부하다. 또 다른 뛰어난 성취물이다.

■ Voice of Youth Advocates – 잘 묘사된 인물들과 현실적인 대화는 이 이야기의 기폭제로, 대화를 통해 아버지와 아들은 '대화를 안 하는 것보다 늦더라도 하는 게 더 나은' 관계로 발전한다.

■ School Library Journal – 감동적인 이야기. (……) 간결한 대화와 인물 묘사를 통해, 마이어스는 부모와 자식이 서로 믿고 존중해야 한다는 욕구에 대해 강력한 메시지를 전달한다. 이야기 말미에서, 소년은 완전히 다른 사람의 삶을 올바로 이해하려면 먼저 자신의 삶에

의미를 부여해야 한다는 것을 깨닫는다. 도시 출신이든 지방 출신이든, 편부모 가정이든 부모가 모두 있는 가정이든, 독자들은 자기 발견이라는 보편적인 여행을 발견하게 될 것이다.

■ The Boston Sunday Globe − 마이어스의 도발적인 이야기가 (……) 자기 발견과 부모와 자식 간의 관계에 대한 주제를 탐색한다. (……) 대담하고 현실적인 이야기는 씁쓸하면서도 달콤한 사건으로 끝을 맺고, 지미는 아버지와의 짧지만 함께 보낸 시간을 통해 자신을 규정하고 어른이 되기 위한 자신만의 여행을 시작할 수 있게 된다.

■ The Horn Book Magazine − 이 책은 가장 기억할 만한 책 가운데 하나다. 불필요한 말이나 어구가 없고, 장면들은 생생하고 정서적으로 강력하며, 인물들은 절절하게 현실적이다. 흥미진진한 이 책은 부자간의 보편적 탐구라는 주제를 더 높이 성장시킨다.

■ American Bookseller − 마이어스는 조심스럽게 믿을 만한(실수를 하지만 애정 있는) 인물들을 새기며 독자들의 공감을 일으킨다.

■ The Bulletin of Center for Children's Books − 크랩과 지미는 서로를 잘 모른다. 마이어스는 빠르게 진실의 전모를 파악하거나 포용하도록 제시하지 않는다. 소설은 (……) 결코 훈계하지 않으며, 이 이야기에 힘을 주는 교도소 탈옥 여행이라는 모티프만큼 자신도 모르게 스스로에 대해 드러내는 크랩의 비밀들은 드라마를 제공한다.

■ Wilson Library Bulletin − 월터 딘 마이어스는 고통스럽고 두렵지만, 미래의 희망으로 가득 찬 책을 썼다.

수상 내역

뉴베리 아너 상
코레타 스콧 킹 상
보스턴 글로브 혼 북 상 아너 상
ALA(미도서관협회) 주목할 책
독서를 좋아하지 않은 청소년을 위한 ALA 추천 도서
스쿨 라이브러리 저널 베스트 북
미 베스트셀러 선정 도서
북리스트 편집자 선택

친구, 패리스 그리핀을 위해……

1

지미 리틀은 침대 끝에 앉아서, 눈을 감고 창문을 두드리는 빗소리를 듣고 있었다. 아래 거리에서는 차들이 쉭쉭 소리를 내며 지나갔다. 어디선가 라디오 소리가 크게 울렸다. 그 소리는 거의 밤새 들렸다. 지미는 머리를 뒤로 기대고 살짝 눈을 떴다. 거울이 보였다. 타원형 유리를 둘러싼 적갈색 테두리가 지미 얼굴빛과 비슷했다. 빙그레 미소를 지어 보았다. 지미는 아침에 보는 그 모습이 좋았다.

"지미?"

나직한 목소리가 문을 뚫고 들려왔다.

"일어났어, 마마 진."

지미의 대답에 마마 진이 물었다.

"오늘 학교 지각하려는 건 아니지? 옷 입었니?"

"그럼."

문이 열리고 마마 진이 문 안으로 머리를 들이밀었다. 지미가 미소를 지었다.

"설마 속옷만 입고 학교에 가려는 건 아닐 거야."

마마 진이 말했다.

"아냐, 엄마."

"냉장고에 달걀과 어제 사다 놓은 햄이 좀 있어. 그렇게 꾸물거리다간 늦겠어. 선생님께서 뭐라고 하셨는지 너도 알잖아."

마마 진이 다그쳤다.

"알아, 엄마."

그녀가 방 안에 들어와서 손으로 지미의 이마를 짚었다.

"괜찮니? 어째 오늘 아침은 기운 없어 보이는데."

"밤새 저 라디오 소리가 났어."

지미가 투덜거렸다.

"안 그런 적 있니?"

마마 진이 지미의 옷장 서랍을 열고 깨끗한 셔츠가 있는지 살펴보았다.

"저 사람들에게 뭔 일이 있었는지 모르겠구나. 자, 얼른 정신차리고 오늘은 제시간에 나가, 어서!"

"제시간에 갈 거야."

지미가 대꾸했다.

마마 진이 지미에게 입을 맞추고 방에서 나갔다.

부엌에서 발을 질질 끌며 왔다 갔다 하는 소리가 들리자, 지미는 일하러 나서기 전 그녀의 모습을 떠올렸다. 커다란 몸을 움직여 식탁 주위를 도는 모습, 잿빛 머리카락을 제자리에 밀어 넣는 모습, 좋아하는 꽃을 꽂아 놓은 초록색 병이나 소금 병을 가지런히 정돈하는 모습들이었다. 그녀가 냉장고에서 열쇠 꾸러미를 집어 드는지 열쇠들이 요란하게 쨍그랑댔다.

"문 잘 잠그고 가."

마마 진이 지미에게 외쳤다.

"응, 엄마."

문이 열리고 그녀 뒤로 닫혔다. 연달아 첫 번째 자물쇠와 다른 자물쇠 소리가 찰칵찰칵 들렸다.

지미는 옷장에 테이프로 붙여 놓은 달력을 보았다. 수요일. 마마 진은 섬너네 아기를 돌보러 갈 거다. 아기가 태어나기 몇 년 전부터 그 애 엄마를 도와주었고, 아기가 태어난 후에는 죽 그 애를 돌봐 주고 있다. 가끔 학교에 안 갈 때, 지미는 마마 진과 함께 섬너 네 집에 가곤 했다. 섬너 부인은 지미 담임보다 더 젊었다. 아기 돌보는 일은 그렇게 힘들지 않았다. 마마 진은 젊지 않았지만, 진짜 늙지도 않았다. 아무튼 많이 늙은 편은 아니었다.

지미가 창밖을 내다보자, 마마 진이 작은 우산을 생각보다 더 높이 치켜들고 모퉁이에 다가가고 있었다. 우산 한쪽이 휘어졌지만, 그럭저럭 비는 막아 주고 있었다. 비가 아까보다 더 가늘어져서, 마마 진이 흠뻑 젖지는 않을 거다. 그녀가 모퉁이로 돌아설 때까지 지미는 마마 진을 지켜보았다. 그러고는 의자 등받이에서 바지를 집어 들고 욕실로 들어갔다.

차가운 물이 얼굴에 상쾌하게 느껴졌다. 수건에 물을 적셔 몸을 닦고, 다시 이마에 대고 수건을 쥐어짜자 물이 얼굴에서 목과 어깨 위로 흘러내렸다. 학교에 갈까 말까 생각해 보았다. 그러고는 학교에 가고 싶지 않다고 혼잣말을 내뱉었다.

"그 애는 교육이 얼마나 중요한지 깨달아야 해요. 특히 우리 같은 사람들에게 말이죠."

담임의 말에 마마 진이 대답했었다.

"제가 잘 지켜볼게요."

그들이 집에 돌아왔을 때 마마 진이 지미에게 읽기와 쓰기가 얼마나 중요한지 훈계했다. 지미는 말대꾸를 하지 않고 듣기만 했다. 할 말이 없었다. 그녀의 말이 옳았다.

지미는 상자를 흔들어 유리잔에 베이킹 소다를 조금 넣고, 물 몇 방울을 떨어뜨린 뒤 그것으로 이를 닦기 시작했다.

9학년까지는 그럭저럭 꽤 잘 지냈는데, 10학년(우리나라 고등학교 1학년에 해당: 옮긴이)은 순조롭지 않았다. 왜 그런지 이유가 딱히 생각나지 않았다. 웬일인지 모든 것이 어긋나기만 했다. 전에도 이런 일이 있었지만 대개는 그럭저럭 해결할 수 있었다. 올해는 정말 힘들다고 중얼거려 보았다.

지미는 화장실에서 볼일을 보고, 씻은 다음에 옷을 입으러 방으로 돌아갔다. 옷을 들고 거실로 가서 텔레비전을 켰다. 양말을 신으면서 건성건성 아침 뉴스를 보았다. 마음속에 학교에 가는 장면이 떠올랐다. 교실에 들어가다가 문 앞에서 마주친 헤인즈 교감이 어디에 갔다 왔는지 묻는 장면이었다.

지미가 대답했다.

"아팠어요."

"사유서 가져왔니?"

지미는 사유서를 쓰고 그곳에 마마 진의 사인을 해야겠다고 생각했다. 하지만 그 사실을 알게 되면 마마 진이 화를 낼 거다. 상처도 받을 거다. 마마 진이 지미를 쳐다보고 실망하는 모습, 그건 최악의 상황이다. 지미는 사유서를 쓰지 않기로 마음먹었다.

그릇에 콘플레이크를 쏟았다. 우유를 가지러 냉장고로 가다가 텔레비전의 볼륨을 높였다. 바퀴벌레 한 마리가 냉장고 옆 벽으로 올라가 액자 뒤로 사라졌다. 욕지기가 나왔다. 지미는 바퀴벌레를 쫓아서 액자 앞으로 갔다.

"워! 워!"

지미는 바퀴벌레에게 외쳤다.

바퀴벌레가 날쌔게 벽 아래로 내려와 가스레인지 뒤로 달아났다. 거의 일 년 동안 집에는 바퀴벌레가 안 보였다. 마마 진에게 그걸 보았다고 말해야겠다. 그러면 그녀가 약을 놓을 거다.

검고 흰 낡은 가스레인지에는 줄무늬가 나 있었다. 그것도 가스레인지가 따뜻해지면 사라질 거다.

전화가 울렸다. 지미는 시계를 힐끗 쳐다보았다. 아마도 지미가 학교에 갔는지 확인하려는 마마 진의 전화일 거다. 지미는 받지 않았다.

지미는 자신이 학교에 없어야만, 진짜 학교에 간 건지 안 간 건지 알 수 있다는 사실이 웃겼다. 아침마다 학교에 가겠다는 생각

을 한다. 그러고 나서 맥도너프 거리를 어슬렁거리다가 오른쪽이
아니라 왼쪽으로 돌거나, 로퀘이 대로를 가로질러 풀턴으로 향한
다. 맥도너프 거리로 가면 주택 단지 근처 운동장에 닿게 된다.
그러다가 케이 씨와 아이보리를 만나면 함께 어울려 돌아다니거
나 케이 씨 집에 가서 텔레비전을 본다. 풀턴으로 가면 마냥 걷는
데, 때로는 계속 시내를 걸으면서 상상에 잠기곤 한다.

　지미의 상상은 가공의 장소와 가공의 인물로 가득했다. 용들을
물리치고 어딘가에 갇혀 있는 누군가를 구하러 아주 먼 왕국에서
온 용감한 기사들. 전에 자신의 꿈에 대해 말했던 적이 있었다.
시험을 보았는데 성적이 잘 나왔다. 지미가 생각하기에 높은 점
수였다. 그래도 지미는 한 달에 한 번 오는 심리 상담가와 만나야
만 했다. 상담은 괜찮을 거라고 여겼다. 비록 지미의 성적이 나
쁘지만 모든 걸 처음부터 다시 시작하면 괜찮을 거라고 그가 말
해 줄 테니까.

　엷은 갈색 머리의 남자가 말했었다.

　"참 이상하구나. 너처럼 머리가 나쁘지 않은 애가 학교에서 왜
이렇게 못하는 걸까?"

　지미는 어깨를 으쓱이며 대답할 말을 찾았지만 한마디도 생각
해 내지 못했다 심리 상담가가 지미에게 몇 가지 질문을 했다.

　"어머니와는 잘 지내니?"

　"괜찮아요."

　"그리고 아버지는 찾아오시니?"

　"무슨 말이에요?"

지미가 화를 내며 되물었다.

"아, 그냥 물어봤어. 이 학교에 한 부모 가정이 많잖아."

심리 상담가가 의자를 살짝 돌렸다.

"예, 잘 지내고 있어요."

지미가 대답했다.

"아버님은 어떤 일을 하시니?"

"버스 차고에서 일하셔요. 모든 버스가 한 달에 한 번 제대로 점검됐는지 확인해요."

"좋은 일이구나. 네 아버님은 틀림없이 지적인 분이실 거야."

심리 상담가가 말했다.

지미는 의자에 똑바로 앉았다. 아버지에 대한 방심할 수 없는 질문에 대처하려면 심리 상담가의 말을 신중하게 들어야 했다. 그는 아버지가 버스 차고에서 일한다고 한 지미의 말을 안 믿을 거다. 지미는 그의 예상 질문들을 떠올리며, 그 질문에 어떻게 대답할지 신경 써서 생각해 보았다.

"꿈을 많이 꾸니?"

그가 물었다.

"뭐라고요?"

"주로 어떤 꿈을 꾸니?"

심리 상담가가 아버지에 대해 질문할 거라고 생각하고 있던 터라, 꿈에 대한 질문은 전혀 예상하지 못하고 있었다. 지미는 경계를 늦추고 그에게 유니콘(인도와 유럽의 전설에 나오는 동물로 모양과 크기는 말과 같고 이마에 뿔이 하나 있음: 옮긴이)에 대해, 기사가 되어 공주를 구하는 자신에 대해 말했었다.

"뭐? 어떤 꿈을 꿨다고? 유니콘? 매일 밤?"

지미가 대답했다.

"주로 그런 생각을 해요. 밤에 꾸는 꿈은 아니에요."

"밤에는 어떤 꿈을 꾸니?"

"모르겠어요. 밤에 꿈을 꾸는지도 모르겠어요."

지미가 대답했다.

"상상 속 동물들을 생각하기에 네 나이가 좀 많지 않니?"

심리 상담가가 물었다.

심리 상담가의 얼굴에 희미한 미소가 떠올랐다. 지미는 그를 지나 벽에 걸린 시계를 쳐다보았다. 벽 아래쪽은 초록색이 위쪽은 흰색이 칠해져 있었다. 시계 뒤의 선이 흰색과 초록색으로 분리되어 있었다. 지미는 다시 심리 상담가에게 눈길을 돌렸다. 그가 수첩에 무언가를 쓰고 있었다. 지미는 질문에 더 이상 대답하지 않았다.

지미의 진짜 엄마가 돌아가신 건 다른 사람과 상관없는 일이다. 아버지 역시 누구든 참견할 일이 아니었다. 상상하는 것도 마찬가지다. 가끔 어른들은 그들이 모르는 걸 아이들이 생각하거나, 아는 걸 좋아하지 않는 것 같았다. 지미는 자신의 마음이 방황하도록 내버려 두었고, 유쾌한 장편 영화처럼 마음속에서 내달리는 생각을 즐겼다.

"넌 두세 사람을 생각하는 것만으로 충분해. 그러다간 스물한 살이 되기 전에 뇌가 닳아 버리고 말걸!"

마마 진의 말에 지미는 이렇게 대꾸했었다.

"그럼 6년은 더 뇌를 쓸 수 있다는 거네. 그것도 썩 나쁘진 않아."

지미는 텔레비전을 끄고, 테이블에서 작문 책을 들고, 작은 아파트에서 나왔다.

양철을 입힌 계단이 있어서, 내려가면서 한 계단 한 계단 단단히 발을 디뎠다. 계단에서 어슬렁대거나 마약을 거래하는 이들을 놀라게 하고 싶지 않았다. 계단을 통해 자기가 있다고 그들에게 알렸다.

지미와 마마 진은 7층 건물의 4층에 살았다. 엘리베이터는 작동하지 않았고, 집주인은 5층 꼭대기 계단에 판자를 박아 놓았다. 가끔 지미는 사람들이 5층을 지나 올라가는 소리를 들었다. 한 달에 한 번 관리인이 경찰들을 위로 보내 부랑자들을 쫓아냈지만, 그들은 항상 돌아오곤 했다.

지미가 일 층에 내려왔을 때 쿠키가 우편함 앞에 서 있었다.

"학교 가니?"

이십 대인 그녀는 깡말랐지만, 여전히 꽤 멋져 보였다.

"누나가 에프비아이예요?"

"네가 길거리에 있는 걸 보면 마마 진에게 말하기로 했거든."

그녀가 낄낄거렸다.

지미가 거리를 내려다보았다. 비는 훨씬 더 가늘어졌지만 거리는 여전히 축축했다. 길 한복판 기름 헝겊에는 세 가지 색깔이 나 있었다. 거리를 가로질러 브라우니 술집 밖 인도에 존슨 씨가 앉아 있었다.

"집배원 아저씨 기다려요?"

지미가 물었다.

"어어. 도대체 이율 모르겠어. 집배원은 내가 원하는 건 안 갖다 주네."

쿠키가 거리를 내려다보았다.

"왜 집배원을 기다리는 거예요?"

지미가 물었다.

"너 에프비아이니?"

지미가 빙그레 웃었다.

"그냥 물어봤어요."

"넌 웃는 게 예쁘니까 계속 웃어. 네가 네 살만 더 많았어도 데이트를 신청했을 텐데."

쿠키가 말했다.

"내가 얼마나 데이트하고 싶은지 알아요?"

"하긴 너도 남자니까. 당장은 데이트를 못 해도, 한 일 년만 있으면 하게 될 거야. 너 몇 살이니?"

쿠키가 물었다.

"열여섯 살이요."

"거짓말 마!"

"거의 열여섯 살이 됐어요."

"열네 살이잖아. 마마 진이 말해 줬어. 저기 존슨 씨 좀 봐. 저 아저씨가 결핵에 안 걸리는 이유를 모르겠어."

쿠키가 말했다.

지미가 존슨 씨를 건너다보았다. 그는 벌써 술에 취해서 일어서려고 애쓰고 있었다. 한쪽 무릎을 딛고서, 벽 간판에 등을 대고, 똑바로 서려고 애썼지만 주르르 미끄러졌다. 간판은 부스텔로 커피였고, 그의 어깨는 '부'에 닿아 있었다.

"학교에 가야 해요."

지미가 말했다.

"우산 빌려 줄까?"

"우산 있어요?"

"아니, 여기에는 없지만 다른 곳에 있어. 그냥 네가 빌리고 싶은지 물어봤어. 게다가 내 입도 좀 근질근질했고."

쿠키가 이렇게 대꾸하며 머리를 흔들었다.

"자, 우산 가지러 가자."

지미는 쿠키를 따라 복도를 지나 일 층 그녀의 아파트로 갔다. 전에 쿠키의 집에 갔었다. 이따금 그녀를 위해 가게에 갔었고, 지미가 심부름을 해 주면 그녀는 늘 지미에게 탄산음료와 감자칩 등 가진 걸 주었다.

아파트는 탤컴파우더(땀띠약으로 많이 쓰이는 화장용 분가루: 옮긴이)와 가구 광택제 냄새가 났다. 지미는 탤컴파우더 냄새와 쿠키의 아기가 똥을 싸서 풍기는 악취 따위는 신경 쓰지 않았지만, 가구 광택제 냄새는 싫었다.

텔레비전이 켜 있어서, 쿠키가 우산을 찾을 때 지미는 텔레비전을 보았다. 어떤 여자가 어떤 가수가 어떻게 컴백했는지 말하고 있었다. 그러고는 나이트클럽 가수를 몇 초 동안 보여 주었다. 그 남자는 나이가 많지 않아 보였다.

"낸시네 가 봐야겠네. 낸시에게 우산을 빌려준 것 같아."

"필요 없어요."

지미가 말했다.

"왜 나가서 굳이 비를 맞으려고 하니? 낸시네 가서 우산을 가져올 테니 그동안 카미를 좀 봐 줘."

쿠키가 말했다.

"오래 있지 마세요. 학교에 지각하고 싶지 않아요."

지미가 대꾸했다.

쿠키가 나가자 지미는 아기 침대에서 잠자는 카미를 쳐다보았다. 침대 위쪽으로 가서 아기를 내려다보았다. 입에 젖꼭지가 물려 있어서, 손을 뻗어 그걸 빼냈다. 아기가 입에 젖꼭지를 물고 잠을 자면 이가 비뚤어진다고 마마 진이 말했다.

카미가 한쪽 다리를 움직이더니, 곧이어 입으로 젖을 빠는 시늉을 했다. 카미가 움직임을 멈추자 지미는 도로 젖꼭지를 물려 주었다.

그러고는 앉아서 텔레비전 프로그램을 마저 보았다.

2

쿠키가 우산을 갖고 돌아왔는데, 지미가 학교는커녕 거리에서
도 안 쓰고 다닐 작은 빨간 우산이었다.

"낸시가 내 우산을 찾지 못했어. 이게 있더라. 이거라도 갖고
갈래?"

쿠키가 묻자 지미가 대답했다.

"됐어요. 비도 많이 오지 않아요."

지미가 너무 남자다워서 빨간색 우산을 쓰지 않을 거라고 생각
했다며 쿠키가 중얼거렸다. 하지만 지미에겐 낸시가 자신의 우산
을 갖고 있지 않아서 쿠키가 실망한 듯 보였다.

"비를 맞으면 젖을 텐데."

쿠키가 말했다.

"그럼 다녀왔을 때 차나 좀 만들어 주세요."

지미가 옷깃을 잡고서 재킷을 위로 올렸다.

"집에 오면 들러."

그녀가 말했다

지미가 문 앞에 갔을 때 비가 막 그쳤지만 날이 춥고 바람이 불었다. 주차된 차들 사이 길 아래로 종이 몇 장이 날아다니며, 서둘러 지하철로 향하는 이른 아침 노동자들의 다리를 때렸다. 길 건너에는 남자아이들 몇 명이 존슨 씨 주위에 있었다. 술 취한 이웃은 건물에 기대어, 자신이 갖고 있다고 여기는 무언가를 찾아서 주머니를 뒤지고 있었다.

지미는 이미 학교에 늦었다. 하지만 전략을 생각해 내려고 애썼다. 이번 학년을 잘 마무리하려면 어떻게 해야 할지, 어떻게 상황을 정리해야 할지 알고 있어야 했다. 3월이었고 이제 10학년도 몇 달밖에 안 남았다. 한 번만 더, 딱 몇 달만 더 잘 헤쳐 나가면, 아마도 10학년을 끝내고 곧바로 11학년이 될 거다. 다른 아이들에 비해 지미의 성적이 꽤 뒤처지긴 했지만, 학교에는 지미와 별로 다르지 않은 아이들이 몇 명 있었다. 그래도 그 애들은 출석률이 나쁘지 않았다. 출석률이 나쁘다는 건 비난을 받을 일이었다. 아이들 대부분이 학교 성적이 엉망이었지만 어쨌거나 진급할 수는 있을 거다. 하지만 출석률은 달랐다. 출석률이 나쁘면 비난을 받고 그대로 낙제하고 만다.

몸을 숙이고 앞으로 가는데 바람이 얼굴에 닿았다. 익숙한 마늘과 바나나 튀김 냄새가 공중에 맴돌았다. 밭장다리 늙은 남자가 겨드랑이에 장기판을 끼고 무슬림 상점 문 앞에 서 있었다.

뒤에서 날카로운 소리가 나서 지미가 돌아보았다. 한 아이가 존슨 씨에게 무언가를 던졌다. 몸을 가누지 못하는 주정뱅이가 아이들을 향해 손을 휘두르며 고함쳤다. 지미는 발길을 돌려 꼬마들에게 갔다.

"야, 너희들 당장 아저씨를 그냥 두고 꺼져!"

지미가 소리쳤다.

"형이 뭔데?"

아홉 살도 안 된 듯한 반항적인 꼬마가 앞으로 튀어나왔다.

"너네 작은 엉덩이를 걷어찰 사람!"

지미가 몸으로 그 애를 밀어내며 대답했다.

그 아이가 지미를 부루퉁하게 쳐다보더니 물러났다. 다른 아이들은 존슨 씨가 아닌 다른 재밋거리를 찾아서 가 버렸다.

"쟤들은 존경심이 없어."

존슨 씨가 말했다.

지미가 어깨를 으쓱였다.

학교는 맥도너프 가와 게이츠 가에 걸쳐 있었다. 지미가 학교에 도착했을 때 학교 앞에 경찰차가 있었다. 차 안에는 경찰 두 명이 커피를 마시고 있었다.

"몇 신 줄 알아?"

계단 꼭대기에서 헤인즈 교감이 외쳤다. 손에 무전기를 쥐고 있었다.

"마지막으로 학교에 온 게 언제지?"

"엄마가 간호사를 불렀어요."

지미가 대답했다.

"의사 확인서 가져왔니?"

"엄마가 간호사를 불렀다고 했잖아요."

지미가 대답을 던지고, 교감을 지나가려고 했다.

헤인즈 교감이 큰 손을 지미의 가슴팍에 대고 멈춰 세우더니 대기실을 가리켰다.

"저기서 기다려."

지미는 돌아서서 학교에서 나갈까 생각하다가, 그냥 대기실로 들어갔다. 그곳에는 남자아이 넷과 여자아이 둘이 있었다.

"우리 다 집에 가야 할걸."

랜디 존슨이 구석에서 샌드위치를 먹으며 앉아 있었다.

"그러거나 말거나."

지미가 대꾸했다.

"난 아무 짓도 안 했어."

로잘린드 엡스가 말했다.

덩치 큰 여자애가 다리를 쫙 벌리고 벤치를 절반 넘게 차지하고 있었다.

"내가 여기 있는 이율 모르겠다니까."

"너 지각했잖아."

지미가 대꾸했다.

"아니, 지각 안 했어!"

로잘린드가 말했다.

"쟤 지각 안 했어. 헤인즈 교감이 나랑 쟤랑 찍더니 여기로 가라고 했어. 우리가 여기 처음 들어왔는데 암튼 정각에 왔어."

랜디가 말했다.

지미는 그 애들 말을 믿을 수 없어서 대꾸를 안 했다. 정각에 왔다면 그 애들이 대기실에 있어야 할 까닭이 없었다.

헤인즈 교감이 세 아이를 더 데리고 대기실 안으로 들어왔다. 그러고는 곧바로 격리 사유서를 내밀었고 다들 거기에 사인하게 했다.

"너 뭐했니?"

로잘린드가 교감과 함께 들어온 피부색이 옅은 남자아이에게 물었다.

"아무 짓도 안 했어. 그냥 걸렸어. 우리가 그럴만한 무슨 물건을 갖고 있었나 봐. 교감이 선생에게 뭐라고 물으니까 그 선생이 날 교감이랑 여기로 보냈거든."

그게 대답이었다.

바깥에는 다시 비가 거세졌다. 비가 튀자 창유리에 흙빛 꽃이 피었다.

헤인즈 교감이 사유서를 받아서 안쪽 사무실로 가져갔다.

"저 뭘 해요?"

로잘린드가 교감을 불렀지만, 헤인즈 교감은 문을 닫아버렸다.

"너 어디 갔었니?"

모리스 더글라스가 문 안으로 머리를 들이밀었다.

"너 학교 그만둔 줄 알았어."

"바빴어."

지미가 친구에게 말했다.

"토니 '디'가 빌리를 찔렀다는 말 들었니?"

"농구광 빌리?"

지미가 되물었다.

"어, 둘이 구내식당에서 싸웠는데 토니 '디'가 그 앨 찔렀대."

"그래서 도처에 경찰이 깔렸어. 경찰이 사물함과 이곳저곳을 뒤져 뭔가를 찾고 있어. 한 놈이 딴 놈을 찔렀다고 경찰이 여기저기 마구 헤집을 권리는 없잖아."

로잘린드가 덧붙였다.

헤인즈 교감이 문 밖으로 머리를 내밀었다.

"모리스, 네 교실로 올라가!"

"예, 두목님."

모리스가 형식적으로 인사를 하고 나갔다.

"지미, 너도 네 교실로 가. 다른 학생들은 입 다물고 내가 부를 때까지 조용히 있도록."

"쟤는 늦게 왔는데 왜 올라가라고 해요? 쟤가 들어오는 거 봤어요."

지미가 문 밖으로 나가자 로잘린드가 항의했다.

지미는 로잘린드가 전날 어떤 짓을 했다고 생각했다. 그 애의 사물함을 뒤졌을 때 경찰이 그 안에서 무언가를 발견했을지 모른다. 지미는 모리스를 쫓아가서 그 일이 언제 일어났는지 물었다.

"엊그저께. 하지만 잘 들어. 토니가 칼자국을 냈을 뿐인데 그 놈은 심장, 뭐 그런 데까지 찔린 듯이 계속 비명을 질러 댔어."

"거짓말 아니지?"

"야, 근데 오늘 밤 농구 할래?"

"모르겠어."

"야, 너 농굴 포기한 거야? 리치 패거리와 시합할 거야."

모리스가 곁눈질로 지미를 쳐다보았다.

"내 상황이 어떨지 봐야 해."

지미가 대꾸했다.

"너 농구 안 할 거야? 그럼 스윙이나 춰야 할걸."

모리스가 말했다.

지미가 교실로 들어갔다. 컴버배치 선생이 교실 앞에 서 있고 다들 조용히 앉아 있었다. 지미는 시선을 돌려 선생을 쳐다보지 않으려고 애썼다. 모든 책상이 깨끗해서, 지미는 공책을 바닥에 내려놓았다.

"오늘은 성취도 시험을 볼 거다."

컴버배치 선생이 말했다.

그럼 그렇지. 지미는 이제야 로잘린드가 아래 대기실에 있는 까닭을 이해할 수 있었다. 선생들이 시험을 엉망진창으로 만들 아이들을 골라낸 거고, 지미가 시험을 난장판으로 만들지 않을 걸 알고서 교실로 올려 보낸 거다. 지미는 그건 괜찮다고 여겼다. 다음 날이면 학교는 그 주에 지미가 학교에 안 왔다는 걸 잊어버릴 거다.

시험은 어려웠다. 시험은 영어와 수학 각각 두 시간으로 네 시간이었다. 수학이 영어보다 더 쉬웠다.

시험 중간 즈음 지미는 점심 값을 가져오지 않았다는 사실이 기억났다. 주머니를 뒤적이며 전날 남겨 둔 돈이 있는지 확인했다. 없었다. 다른 애에게 점심 카드를 빌려야 하는데 식당 출입구에 멍청한 애가 없기를 바랐다.

시험은 점심시간 15분 전에 끝났는데, 컴버배치 선생이 오늘 수업이 끝났다고 말했다.

"도시락 먹으러 가고 싶은 사람이 있을지 모르겠지만 너흰 그럴 필요가 없겠지."

그녀가 말했다.

지미는 배가 고팠기 때문에 점심을 먹으러 가려고 했다. 구내식당 근처 복도에 서 있는 모리스와 크리스가 보였다. 아마도 농구 시합을 하러 갈 애들을 찾고 있나 보다. 지미는 시합을 하고 싶지 않았다. 거기서 과자 몇 조각을 얻을 수 있었지만 그냥 집에 가기로 했다.

"야, 셜리. 잘 지내지?"

"지미 리틀, 근데 어디 갔었니?"

셜리는 언제나 공부를 잘하는 여자애들 가운데 하나였다. 거의 지미만큼 키가 컸고, 같은 성당에 다녔다.

"아팠어."

지미가 거짓말을 했다.

"아픈 것처럼 안 보이는데."

그녀가 말했다.

"진도 따라잡게 공책 좀 빌려줄래?"

지미가 부탁했다.

"오늘 시험에 대비해서 복습한 것 말고 지난 며칠 동안 공부한 게 별로 없어. 뭐 문제 있니?"

셜리가 물었다.

"좀 아팠어. 병원에 갈 정도는 아니고. 오늘 오후에 가 봐야 할지 몰라."

지미가 말했다.

"내일 학교 올 거지?"

"나쁜 일만 없다면."

지미가 미소를 지었다.

"나중에 보자, 환자야."

셜리가 지미에게 손을 흔들고 복도를 내려갔다.

지미는 아프지 않았다. 그저 약간 피곤할 뿐으로, 농구 시합을 못할 정도는 아니었다. 근육은 안 아팠고, 팔과 다리도 지치지 않았다. 피곤은 마음에서 오는 듯했다. 피곤한 무언가가 지미 몸 안에서 자라고 있는 것 같았다. 아침에 간신히 일어났고 아무것도 하고 싶지 않았다. 지미는 그 까닭을 몰랐다.

어느 날 아침에는 마마 진이 나간 뒤에 몸이 괜찮은지 온몸을 꼼꼼히 살펴보았었다. 가장 먼저 발이 생각나서 샅샅이 점검했다. 아픈 곳은 없었다. 특별히 불편한 곳이 없는데도 어느 것도 움직일 수 없는 것 같았다. 그냥 집에서 이리저리 다녀 보려고 애썼다.

텔레비전이 도움이 됐다. 지미가 아무것도 하고 있지 않을 때 텔레비전은 무언가를 하게 했다. 그저 앉아서 영화를 볼 수 있었다. 친숙한 쇼인 〈사랑하는 루시〉를 보거나 누구도 알 것 같지 않은 영화를 보았다. 영화를 보고 있는 사람들은 영화 속 사람들이 무언가를 했어야만 했다는 걸 알고 있었다. 그럴 때면 자신이 영화의 일부가 된 것 같았다.

아무튼 지미는 셜리의 공책을 빌리고 싶었다. 빠뜨린 걸 보고 싶다고 말했지만, 학교에 가더라도 대부분 필기를 많이 하지는 않았다.

존슨 씨는 건물 앞 땅바닥에 누워 있었다. 꼬마들이 학교에서 돌아오기 전에 정신 차리지 않으면 그는 매우 곤란해질 거다. 그 애들이 어떻게 곤란에 빠지게 할지 몰랐다. 그저 찾아낸 낡은 공을 갖고 놀듯 술주정뱅이를 놀려 주려고 하는 애들이니까.

"지미! 이리 와 봐, 얼른!"

쿠키가 문간에 있었다.

"왜요?"

"어떤 남자가 여기로 널 찾아왔어. 키가 큰 남자야. 너를 안다고 말하더라. 전에 이 근처에서 본 적이 없는 사람이야."

쿠키의 말에 지미가 물었다.

"언제 왔어요?"

"네가 나가고 얼마 지나지 않아서."

쿠키가 대답했다.

"그 사람이 우편함에 뭘 넣어 두었어요?"

"아직 저 위에 있는 것 같아."

"위 어디요?"

지미가 물었다.

"위층. 남자가 내려오는 걸 못 봤어. 잠깐 카미를 살펴보러 안에 들어갔다 온 게 전부야."

쿠키가 대답했다.

"아마 학교에서 온 사람일 거예요. 신경 쓰지 마세요."

"아직도 차 마시고 싶니?"

지미가 자신을 찾아온 남자를 대수롭지 않게 생각하자 쿠키가 안심하며 물었다.

"나중에요. 마마 진 봤어요?"

지미가 물었다.

"아니."

"나중에 봐요."

지미가 말했다.

지미는 재빨리 계단을 올라갔다. 그들에게 우편함 열쇠가 하나뿐이라, 마마 진은 그걸 냉장고 위에 놓았다. 남자가 학교에서 왔다면 아마 통지문을 보냈을 거다.

지미는 4층에 올라가서, 주머니를 뒤져 열쇠를 찾아 천천히 문을 열었다. 마마 진이 피곤해서 우편함을 확인하는 걸 잊었을지 모른다.

"마마 진!"

지미가 외쳤다.

대답이 없었다.

"마마 진?"

지미는 그녀의 침실을 들여다보았다. 비어 있었다. 부엌으로 가서 냉장고 위의 바구니에서 우편함 열쇠를 찾아 아래층으로 내려갔다. 한 번에 세 계단씩 디뎠다. 우편함을 열었다. 우편물이 세 통 있었다. 허버트 주얼러스에게서 온 엽서, 전기 회사에서 온 청구서와 메이시 백화점 광고물이었다. 학교에서 온 우편물은 없었다.

"어떻게 지냈니?"

목소리에 지미가 깜짝 놀랐다. 돌아보자 키가 크고 마른 남자가 벽에 기대어 있었다.

"잘 지내고 있어요."

남자가 늙어 보여서 지미는 목소리를 한껏 낮춰 대답했다.

"네가 리틀이지?"

남자가 물었다.

"예. 누구세요?"

지미가 물었다.

"네 아버지."

남자가 대답했다.

3

키 큰 남자는 어찌나 말랐던지 짙은 초록색 셔츠를 입고 있었는데도 어깨뼈가 두드러져 보였다. 그는 이상하게 머리를 들고서 지미를 쳐다보고 있었다. 앞에 있는 남자가 자신의 호흡이 얼마나 빨라졌는지 알아차릴 수 없게 지미가 입을 벌렸다. 그러고는 우편함에서 열쇠를 빼냈다.

"날 기억 못 하는 거 안다."

남자가 말했다. 남자의 목소리가 기운 없고 낮아서 지미는 신경을 곤두세우고 남자의 말을 들어야 했다.

"안녕하세요?"

지미가 인사했다. 지미가 원했던 것보다 목소리가 더 높게 튀어나왔다.

"그럭저럭 괜찮은 것 같다. 진짜 많이 컸구나."

남자가 말했다.

"제 이름이 뭔데요?"

지미가 물었다.

"지미잖아."

남자의 대답에 지미가 대꾸했다.

"진짜는 제임스예요."

"아니, 그게 아니다. 지미, 바로 네 외삼촌 이름이야. 외삼촌 이름을 따서 네 이름을 지었어."

남자가 말했다.

"그런데……. 마마 진이 교도소에 있다고 했는데……."

지미는 남자에게 말했다.

"이제 나왔다."

남자가 말했다.

"올라가실래요?"

남자가 웃었다.

"네가 내 아들이라는 걸 어떻게 알고? 네가 사람을 집 안으로 몰아서 돈을 빼앗는 사람일지 모르는데."

남자가 말했다.

"자기 입으로 아버지라고 말했잖아요."

지미가 대꾸했다.

"내 이름 아니?"

"뭔데요?"

"원래는 체퍼스지만 사람들이 그렇게 부르진 않아."

"크랩이요?"

남자가 고개를 끄덕였다. 그가 시선을 피하기 전에, 창문으로 비스듬히 들어온 빛에 지미는 그의 눈에서 섬광을 본 것 같았다. 이내 남자가 지미에게 몸을 돌렸다.

"올라가서 잠깐 앉자꾸나."

지미는 확신이 서지 않았다. 남자가 아버지 이름을 알고, 사람들이 부르는 이름도 알고 있었지만, 마마 진의 앨범에서 본 사진과 닮은 것 같지는 않았다. 그는 비쩍 말랐고, 마약 중독자일지 몰랐다.

"날 집 안에 들여놓는 게 무섭구나."

남자가 이렇게 말하고 난간에 몸을 기댔다.

"괜찮아. 진이 집에 돌아오길 기다리자."

지미가 앞장서 위층으로 올라갔다. 아무 생각도 안 났다. 살짝 겁이 났지만, 이유를 몰랐다. 마마 진은 아버지가 감옥에 있다고 말했었다. 조만간 출소할 거라는 말은 안 했다. 둘이 집 앞에 갔을 때 지미는 그 남자가 아버지가 아니라면 어떻게 해야 할지 생각했고 어떤 일이든 하려고 했다.

그는 우스꽝스럽게 걸었다. 어쨌든 지미가 그 남자보다 더 빨리 달릴 수 있을 거다.

자물쇠를 따고 문을 열었다. 남자가 다른 쪽으로 걸어가서, 지미는 잠깐 동안 남자가 떠나는 거라고 생각했다. 하지만 곧바로 지미가 미처 못 본 재킷과 꾸러미를 집어 들고 문으로 돌아왔다.

"전에 여기 왔었어요?"

지미가 묻자 남자가 대답했다.

"예전에."

남자가 들어가게 지미가 옆으로 비켜섰다. 그가 안으로 걸어가서 주위를 둘러보며 만족스러운 듯이 고개를 끄덕였다.

"언제 나왔어요?"

"지난주에. 뭘 해야 할지 생각 좀 하게 시간 좀 다오. 커피나 뭐든 마실 거 있니?"

남자가 묻자 지미가 말했다.

"커피를 좀 만들게요. 먼저 책들을 치우고요."

"그래, 그렇게 해."

남자가 식탁 옆 부엌 의자에 앉아서 다리를 앞으로 쭉 뻗었다.

지미는 마마 진의 침실로 들어가서, 성경책을 놓는 탁자 아래에서 앨범을 꺼내 재빨리 넘겼다. 군복 입은 사진은 너무 까매서 알아볼 수 없기에 그냥 넘기고, 곧장 찾고 있던 사진을 확인해 보았다.

사진 속에는 자동차에 기댄 키 크고 건장한 남자가 있었다. 그 옆에 한 여자가 서 있었고 그 여자 옆에 마마 진이 있었다. 둘 사이에 있는 여자가 지미 엄마였다.

넓은 이마와 살짝 머리를 숙이고 무심하게 쳐다보는 모습을 제외하고 사진 속 남자는 다른 방에 있는 남자와 그리 닮아 보이지 않았다.

"그게 나처럼 보이냐?"

지미는 펄쩍 뛰며 앨범을 쿵 소리 나게 접었다.

"그것 좀 보자."

남자가 말했다.

그 사진이 나올 때까지 지미는 또 천천히 앨범을 훑어보았다. 그러고는 남자에게 사진을 보여 주었다.

"나랑 엄마가 차를 살까 생각하던 중이었다."

남자가 앨범을 들고서 말을 이었다.

"우린 브롱크스(미국 뉴욕 주에 있는 뉴욕 시의 5개 자치구 가운데 하나: 옮긴이)로 가서 차 몇 대를 살펴보고 계약금으로 얼마나 필요할지 알아보았지. 얼마나 끌어모을 수 있을까 얘기를 했고. 백 달러, 뭐 그 정도면 될 거라고 생각했단다. 우린 백 달러를 낼 돈이 없었기 때문에 솔직하게 말하지 않았어. 돌리가 진에게 말했고 진은 우리 돈을 모두 합치면 차를 살 수 있을 거라고 했지. 진과 네 엄마는 짠순이, 진짜 짠순이였어."

"차를 샀어요?"

"아니. 돈을 탈탈 털어 모았는데 엄마가 거실 용품을 사고 싶어 해서 그걸로 끝. 여자가 그런 걸로 어떻게 하는지 알 거다."

지미는 다시 사진을 보고, 곧장 부엌으로 갔다.

주전자를 찾아서 숟가락으로 커피를 망에 떠 넣기 시작했다.

"왜 사람들에게 편지를 안 썼어요? 왜 올 거라고 알리지도 않았고요?"

지미가 주전자에 수돗물을 담으며 물었다.

"내가 하고 싶은 게 무엇인지 몰랐거든."

크랩이 대답했다. 그는 손수건을 꺼내 그것에 대고 기침을 하고 침을 뱉었다.

"싱크대에 크리넥스가 있어요."

지미가 말했다.

"네가 이렇게 컸을 줄 생각도 못 했다. 널 보러 가서 번쩍 안아 냉장고 꼭대기에 올려놓을 생각이었지. 내가 널 안아서 냉장고에 올려놓는 걸 상상해 본 적이 있니?"

크랩이 물었다.

"어디에 올려놓는다고요?"

말은 그렇게 했지만, 지미는 냉장고에서 내려다보며 누군가를 향해 팔을 내미는 자신의 모습을 떠올렸다.

"네가 아이였을 때 그렇게 했었지."

남자가 말했다.

"아!"

"학교에서는 잘 지내니?"

"괜찮아요."

주전자에 물을 다 넣자 지미는 그것을 가스레인지 위에 올려놓았다. 남자에게 눈길을 돌리자 남자가 지미를 쳐다보고 있었다.

"가끔 마마 진에게 커피를 만들어 줘요."

지미가 말했다.

"지금 열네 살이지?"

"곧 열다섯 살이 돼요. 두 달 있으면요."

지미가 대답했다.

"그래, 그렇구나."

"그럼 이제 뭘 하기로 정했어요?"

찌그러진 알루미늄 주전자 아래가 새빨개지자 지미가 불꽃을 줄였다.

"너와 내가 잠깐 시골에 갈까 한다."

남자가 말했다.

문에서 노크 소리가 나자, 남자가 잠깐 동안 굳어지더니, 지미를 향해 손을 들었다.

"진을 놀래 주자."

남자가 말했다.

남자가 재빨리 일어서서 옆방에 들어갔다. 그 동작에 지미는 놀랐다. 문을 뚫어져라 쳐다보고는 살짝 문을 열었다. 문에서 다시 노크 소리가 났다.

"누구세요?"

지미가 물었다.

"쿠키."

지미가 문을 열었다.

"학교에서 누가 왔니?"

쿠키가 물었다. 문에 기대는 바람에 한쪽 엉덩이가 툭 튀어나왔다.

"아니요, 그냥 아는 사람이에요."

지미가 대답했다.

"그래. 콜라드양배추(케일의 변종으로 미국 남부에서 겨울에 먹는 채소로 돼지기름을 넣고 끓여 먹음: 옮긴이) 요리를 만들고 있는데 마마 진이 오면 말해. 요리를 먹고 싶으면 널 보내 가져가라고, 알았니?"

"예."

"지미, 오후 내내 콜라드양배추를 다듬었으니까 텔레비전을 보느라 마마 진에게 말하는 걸 까먹지 마."

쿠키가 말했다.

"안 까먹을게요."

지미가 대꾸했다.

쿠키가 지미에게 손가락을 흔들며 계단을 내려가기 시작했다.

"진을 놀라게 하면 안 되겠구나."

지미가 문을 닫자마자 남자가 말했다.

"마마 진은 놀라는 걸 안 좋아해요. 특히 무섭게 하는 건 뭐든 싫어해요."

지미가 말하자 남자가 맞장구쳤다.

"그래, 맞다."

"그러니까 시골에 가 보자는 거죠?"

지미가 물었다.

"내가 어디 있었는지 아니?"

"예."

"음, 거기서 네가 날 어떻게 여기는지 생각해 보았단다. 무슨 말인지 알겠니?"

"아버지에 대해 생각한 게 전혀 없어요."

지미가 빵 덩어리에서 빵을 두 조각 떼어서 버터를 발라서 오븐에 넣었다.

"젤리 같은 거 있는데 좀 드실래요?"

"그래, 좋아."

지미가 냉장고에서 젤리를 꺼냈다.

"나라면 말이지. 우리 아버지가 감옥에 있다면, 어떻게든 아버지에 대해 생각해 봤을 거다. 사람들이 나에 대해 끔찍하게 말한 게 분명하겠지."

가끔 혼자 있을 때 지미는 마마 진이 들려준 것들을 생각하곤 했다. 강도 사건이 있었고 몇 사람이 죽었다. 지미는 그곳에 서서 다리를 벌리고 총을 들어 사람들을 쏘는 아버지의 모습을 상상해 보았다.

"마마 진은 아버지가 돈이 필요했고 실수를 한 거라고만 했어요."

지미가 말했다.

"어떤 실수?"

"총으로 사람들을 쏜 거요."

지미가 아버지를 바라다보았다.

"내가 사람을 안 죽였다고 말해 주었니? 너 날 믿니?"

크랩이 물었다.

"아버지가 사람을 죽였다고 말했던 것 같아요."

지미가 말했다. 지미는 창문으로 가서 거리를 내려다보았다. 비에 흠뻑 젖은 개 한 마리가 빌딩에 바짝 붙어 움직이고 있었다. 꼬리를 다리 사이에 내리고 거리를 걸어오는 두 아이를 피해 가고 있었다.

"내가 진짜 사람을 안 죽였다고 생각하니, 아니면 그냥 안 죽였다고 말하는 거라고 생각하니?"

"다들 아무 짓도 안 했다고 말해요. 이유 없이 아버질 감옥에 가두진 않았을 거예요."

"그래서 여기 온 거다. 내가 사람을 죽였다고 네가 믿을 거라고 생각했기 때문에. 네가 날 어떻게 생각하는지도 모르겠고. 날 어떻게 불러야 하는지도 모를 것 같고."

크랩이 말했다.

"무슨 말이에요?"

"방금 전에 여기 왔던 여자를 뭐라고 부르니?"

"쿠키요?"

"넌 그 여자도 이름으로 불렀어. 마마 진이라고 말하는 것도 들었고. 날 뭐라고 불러야 한다고 생각하니?"

지미가 그를 쳐다보았다가 다시 거리를 내려다보았다. 그를 집 안에 들어오게 한 일이 후회됐다.

"뭐라고 불러야 하는데요?"

"크랩이라고 불러. 생각해 보니, 내 친구들이 그렇게 부르더구나. 우리가 친구가 될 수도 있지. 네 생각은 어떠니?"

거리를 보니 마마 진이 걸어오고 있었다. 지미는 아무 말도 안 했다.

커피가 끓기 시작하자, 지미는 불을 더 낮추었다. 커피 끓는 소리가 끊기자 불이 완전히 꺼졌는지 확인했다. 불은 안 꺼졌고,

곧 커피가 또다시 끓었다. 냉장고에 우유가 있는지 궁금해서 확인했더니 우유가 있었다.

지미는 아래로 내려가서 남자에 대해 마마 진에게 말할까 생각했다. 어떻게 해야 할지 알고 싶었다.

"넌 날 크랩이라고 부르고 난 널 지미라고 하자. 괜찮지?"

크랩이 물었다.

"좋아요."

지미가 대답했다.

"편지를 안 보내서 미안하구나. 네게 할 말이 아주 많단다."

"감옥에 있을 때 편지를 쓰고 싶었으면 언제든 쓸 수 있지 않아요?"

"그래, 원할 때 언제든지 할 수 있지. 네게 두어 번 편지를 썼지만 부치지 못했어."

크랩이 말했다.

"왜요?"

"대부분 무슨 말을 해야 할지 몰랐거든. 하고 싶은 말을 쓰면 옳다는 생각이 안 들었고. 그러다 보면 어떤 일들이든 서서히 익숙해지기 시작한단다. 그렇게 익숙해져서 옳다는 생각이 들면 그대로 믿게 돼."

과거를 고려하지 않는다면 아버지가 좋은 사람이라고 생각했을까. 둘이 거울 앞에 서서 서로 얼마나 닮았을까 확인해 보고 싶을까. 하지만 지미는 크랩을 살피며 그가 하는 모든 움직임을 일일이 지켜보았다. 긴장을 풀 수 없었다.

"아무튼 나와서 기뻐요?"

"그래, 기쁘다. 너도 출소라는 걸 해 보면 기뻐할 거다. 거긴 네 생을 보낼 곳이 아니야, 감옥은 아니야. 노예가 되는 것보다 더 나빠."

"친구들이 말했는데 감옥에 이슬람교도들이 많대요."

"그곳엔 수없이 많은 다른 종교가 있어. 자신에게 무엇이 중요한지 생각할 시간도 많고. 그러니까 그동안 감옥에 앉아서 오래전에 자신이 했어야 할 일을 생각하기 시작하지."

지미가 컵 두 개를 가져와서 식탁 위에 올려놓았다.

"커피 많이 마시니?"

크랩이 물었다.

"예. 마마 진이 오고 있어요. 마마 진을 놀라게 하는 그런 일은 안 하면 좋겠어요."

지미가 말했다.

"지금 진이 오고 있다고?"

"예."

계단이 삐걱대는 소리가 들리자 지미가 문으로 갔다. 그러고는 크랩을 힐끗 돌아보았다. 그가 다시 긴장하고 있었다. 반듯이 앉아서 양손으로 컵을 꼭 쥐고 있었다.

마마 진이 문을 두드리기 전에 지미가 문을 열었다.

"우유나 다른 것이 필요할 때만 내가 오는 걸 내다보는구나?"

마마 진은 샐러리가 한쪽으로 삐죽 튀어나온 쇼핑백을 들고 있었다.

"크랩이 왔어요."

지미가 말했다.

"누구?"

마마 진이 현관에 멈춰 서더니 크랩을 쳐다보았다.

"음, 난 당신이 더……. 여긴 언제 왔어, 친구?"

"약 두 시간 전에."

크랩이 일어서서 식탁을 돌아서 두 팔로 마마 진을 껴안았다.

"세상에! 얼굴 좀 보자고! 세상에나!"

마마 진이 몸을 젖혔다.

두 사람이 부둥켜안을 때 지미가 쳐다보았다. 마마 진이 머리를 흔들며 크랩의 어깨를 토닥였다.

"언제 나왔어? 애야, 파티든 뭐든 하자! 쏘니가 아직도 길 아래에 살고 있는 거 알아? 그에게 전화했어?"

"아니. 머물 수 없어. 시카고에서 일자리를 제안했는데, 그걸 받아들였어. 지미를 데려가려고 잠깐 들렀어."

크랩이 머리를 흔들었다.

"뭐라고?"

마마 진이 의자로 가서 힘겹게 자리에 앉았다. 크랩을 쳐다보고 지미를 바라보았다가, 다시 크랩에게 눈길을 돌렸다.

"안 돼, 크랩. 내게서 지미를 데려가지 마."

"일을 해야 해. 그게 내가 풀려난 조건 중 하나야."

"음, 그가 기다릴 수 없……."

마마 진이 일어나서 다시 크랩을 꼭 잡고서 다시 껴안았다.

"그건 내일이나 다른 때 나중에 얘기하고. 일단 친구 얼굴 좀 보자!"

"오늘 밤 가야 해."

크랩이 말했다.

4

마마 진이 깊이 숨을 내쉬며 허리를 폈다. 지미 눈에 크랩을 쳐다보는 그녀의 입꼬리가 단단히 굳어지는 게 보였다. 몸집 큰 여인이 돌아서 싱크대로 건너가 수도를 틀었다. 그러고는 콧노래를 흥얼거리며 손을 닦기 시작했다.

"난 거의 9년 동안 감옥에 있었어. 감옥에서는 하지 말라고 하는 건 뭐든 해선 안 돼. 또다시 거기로 돌아갈 순 없어. 석방 위원회에서는 내가 주말에 시카고에서 일하고 있길 바라고 있어. 그러니까 주말에는 내가 거기서 일하고 있어야 해. 그걸로 끝."

크랩이 말했다.

마마 진이 계속 콧노래를 흥얼거렸다. 마마 진의 콧노래에 답하는 듯, 아래 거리에서 엔진 소리가 나지막이 울렸다.

"시카고에 일하러 가야 한다고요?"

지미가 물었다.

"지금 시카고로 가고 있어야만 하지."

크랩이 의자에서 몸을 비틀어 지미의 눈길을 피하며 말을 이어갔다.

"버스로 거기 가려면 시간이 오래 걸려. 일단 일을 시작하면 고용주가 내게 휴가를 주지 않을 것 같고. 그럼 여기 와서 이 애를 데려가지 못할 것 같아."

"아."

지미는 마마 진의 등을 쳐다보았다. 그녀가 싱크대를 닦으면서 숨을 쉬자 양쪽 어깨가 올라갔다 내려갔다 했다.

"무슨 생각해, 진?"

"싱크대가 또 막혔어. 애초에 잘 고쳐야 하는데 계속해서 막히네."

마마 진이 말하자 크랩이 물었다.

"연장 있어?"

마마 진이 서랍을 열어, 적당한 스패너를 꺼내, 싱크대에 올려놓았다.

"바닥을 물바다로 만들진 마."

크랩이 싱크대 앞 바닥에 엎드려 자세히 들여다보았다. 싱크대 문 선반에 천 조각과 바퀴약이 있어서 크랩이 그것들을 꺼내 바닥에 내려놓았다.

마마 진이 식탁 앞에 앉아서 지미를 물끄러미 쳐다보았다. 그녀가 무슨 생각을 하는지 알아내려고 지미가 표정을 살피자, 마마 진이 눈길을 돌렸다.

"싱크대가 낡았어."

크랩이 말했다.

"그걸 못 고치면, 아침에 슈퍼에 가야 할 거야."

마마 진이 대꾸했다.

"일단 배수관을 떼어 내야겠어."

크랩이 말했다.

지미는 크랩이 배수관 바닥의 너트에 스패너를 맞추는 모습을 지켜보았다. 힘껏 너트를 돌리자마자 스패너가 미끄러지며 캐비닛 옆으로 들어가자 크랩이 나지막이 욕을 내뱉었다. 지미가 또다시 마마 진을 쳐다보았다. 이제는 그녀의 입술이 꼭 다물어져 있었다.

바람이 다시 불자, 헐거운 창유리가 덜거덕거렸다. 지미는 무엇을 할지 망설였다.

"시카고에 자리 잡을 거야?"

마마 진이 물었다.

"천만에."

크랩이 대꾸했다. 그러고는 돌아서서 마마 진을 쳐다보았다. 이마에 땀이 번들거리자 손가락 끝으로 눈썹을 훔쳤다.

"시카고는 절대 아니야."

"그런데 왜 거기 가서 일하려는 거야?"

"일자릴 구하려고 수없이 편지를 썼어."

크랩이 책상다리를 하고 바닥에 앉아, 몸을 굽히며 말했다.

"대부분 답장도 못 받았어. 그래서 내게 일을 주겠다는 편지를 받자마자 곧바로 가석방 심의 위원회에 그걸 가져갔어. 다시 일자리 제안을 받기 위해 석 달 이상 더 기다려야 한다면 위원회에서 그 제안을 고려하지 않을 수 없지. 석방을 허락하지 않았다간 그 자리가 사라질지 모르니까."

크랩이 배수관 바닥의 너트를 천천히 풀기 시작했다. 너트가 느슨해졌을 때 크랩이 주위를 둘러보더니 지미에게 물을 받을 낡은 깡통이나 다른 게 있는지 물었다.

"비계 통을 가져와. 얼마 남지 않았어."

마마 진이 말했다.

지미가 냉장고 문을 열고 마마 진이 비계를 넣어 두는 커피 깡통을 가져왔다. 그녀 말대로 비계가 깡통 바닥에 아주 조금 깔려 있을 뿐 많지 않았다. 지미가 깡통을 크랩에게 건넸다.

"이젠 지미를 볼 수 없는 거야?"

마마 진이 물었다.

차가운 것이 지미의 배를 꽉 잡아채며 세게 비틀었다. 지미가 마마 진을 쳐다보았다가 크랩에게 눈길을 돌렸다. 크랩의 얼굴은 싱크대를 향해 있었다. 지미는 가만히 제자리에 서서 크랩이 손가락으로 나사를 몇 번 돌려 완전히 푸는 모습을 지켜보았다. 물이 쏟아지기 시작했다. 크랩이 배수관 아래에 깡통을 대기 전에 그의 팔뚝에 튄 물이 흘러내렸다. 깡통이 재빨리 가득 차며 물이 넘쳐흘렀다.

크랩이 깡통을 내려놓고 싱크대 바닥으로 넘친 물을 닦기 시작했다.

"진, 난 직업을 구해 정착하고 싶어."

크랩이 물을 완전히 훔쳐 내며 말했다. 그러고는 돌아서서 한쪽 팔로 기댔다.

"당신이 줄곧 지미를 보살펴 왔어. 분명히 말하는데 내가 당신한테서 지미를 빼앗아 간다고 생각하지 마."

"시카고에 갈 거라며."

목소리는 단조롭고 날카로웠다.

"잠깐 이 애와 있으려는 거야."

크랩이 지미를 건너다보며 계속 말했다.

"잠깐 동안 가족이 필요해. 마음을 추스르고, 그러니까 몇 가질 해결하면, 그리고 나서 우리 모두 함께할 수 있을 거야."

"난 마음을 추스를 필요가 없어. 지미도 그럴 필요가 없고."

마마 진이 말했다.

"나도 그걸 알아. 난 바보가 아니야. 내게 필요한 걸 말하고 있는 거라고."

크랩은 물을 닦는 데 썼던 걸레로 손을 닦으며 말했다.

"당신이 마음을 추스르는 데 얼마나 걸릴까?"

마마 진이 물었다.

"몰라. 하지만 그러는 대로 곧장 뉴욕으로 되돌아올 생각을 할게. 그러고 나서 나와 지미가 여기에서 지낼 곳을 찾아보거나 애가 당신과 지낼 곳을 찾아 줄게."

"당신이 마음을 추스르지 못하면?"

마마 진이 물었다.

"그래도 지미는 여기로 돌려보낼게. 기차나 비행기 표를 끊어 줄게. 애를 다치게 안 할 거야. 내가 그럴 사람이 아니라는 거 알잖아."

크랩이 배수관 바닥에 손가락을 대고, 무언가를 찾는 듯 만져보더니, Y자로 갈라져 나간 곳을 풀었다. 그것의 밑바닥에 머리카락이 뒤엉켜 있고 살짝 구부러져 있었다.

"그거 좀 보여 줘."

마마 진이 말했다.

지미가 Y자 배관을 받아서 마마 진에게 보여 주었다.

"그걸 봤었다는 걸 기억도 못 했어요."

제 목소리인데도 지미는 이상하게 들렸다.

마마 진이 지미를 올려다보며 손등을 톡톡 쳤다.

"크랩, 이 애를 제대로 돌보지 않으면 내가 쫓아갈 거야."

"이 앤 내 아들이야, 진."

크랩이 대꾸했다.

"아침에 가는 게 어때?"

"그 일에 늦을 순 없어."

크랩이 말했다.

"먹을 걸 좀 만들어 줄게."

마마 진이 말했다.

지미는 배가 몹시 끔찍하게 아팠다. 제 방으로 들어가서 교과서들을 쳐다보았다. 눈앞의 단어들이 흐릿해졌다. 밖에서 마마 진과 크랩이 나누는 말소리가 들렸다. 마마 진이 크랩에게 지미를 곤란하게 하면 안 되는 일들에 대해 말하자 크랩이 안 그러겠다고 대꾸했다.

지미는 배가 계속 아팠고 숨을 쉬기도 힘들었다. 어렸을 때 겪었던 천식이 떠올랐다. 침대에 누워 있으면 죽을 거라는 생각이 들어서 천식이 시작되면 가만히 서 있곤 했다.

마마 진이 방으로 들어왔다 지미는 고개를 돌려 그녀를 쳐다보았다. 마마 진이 옷장에서 여행 가방을 꺼냈다.

"마마 진?"

"응?"

그녀는 지미를 쳐다보지도 않았다. 서랍장 위의 거울을 보자 그녀의 검은 얼굴에 눈물이 흘러내리고 있었다.

"내가 꼭 가야 해?"

"그는 네 아빠야. 너무 갑작스런 일이라 도무지 생각할 수가 없구나."

마마 진이 목구멍에서 치미는 흐느낌을 참느라 입을 굳게 다물었다.

"내가 꼭 가야 하냐고?"

지미가 다시 물었다.

마마 진이 다가와서 지미의 머리를 당겨 가슴에 댔다.

"크랩과 함께 가, 애야. 하지만 언제나 마마 진이 있는 여기가 바로 네 집이야. 네 상황이 나빠지면, 곧장 여기로 돌아오면 돼. 네가 올 수 없다면, 어디든 내가 갈게. 무슨 말인지 알지?"

  그녀가 양손으로 지미의 머리를 모아 쥐고 쳐다보았다. 그녀의 입이 비틀리고 얼굴은 눈물범벅이었다. 지미는 마마 진의 허리를 감싸고 온 힘을 다해 꼭 안았다.

  그녀가 지미를 밀어내고 눈을 들여다보았다.

  "내 말 알지, 애야? 내가 이 몸 안에서 숨을 쉬는 한, 넌 나와 집에 있는 거야. 그 말도 알지?"

  "알아, 마마 진."

  마마 진이 짐을 쌀 때 지미는 방구석에 앉아서 창밖을 내다보았다. 모든 게 너무나 갑작스러웠다. 지미는 무엇을 어떻게 생각해야 할지 몰랐다. 마마 진이 지미에게 다가와서 침대보 모서리로 지미의 얼굴을 닦아 주었다. 그러고는 눈물을 흘리면서 억지로 미소를 지었다.

  "우린 오랜 세월 용감했어. 여전히 용감할 거고, 그렇지?"

  마마 진이 물었다.

  지미가 고개를 끄덕였다. 상황이 나빠질 때마다 마마 진이 늘 그렇게 말했다. 그들은 용감했었다. 그리고 지금까지 그래 왔다.

  마마 진이 닭튀김, 스페인 식 솥밥(양파 · 피망 · 토마토 등을 넣고 향신료로 맛을 낸 쌀 요리: 옮긴이)을 만들고서, 쿠키가 만든 콜라드양배추 요리를 가져왔다. 쿠키가 그녀를 따라왔다. 크랩을 보려고 왔겠지만 오래 머무르지는 않았다.

  그들은 조용히 밥을 먹었고, 그러고 나서 지미가 설거지를 하려고 하자, 마마 진이 지미를 말렸다. 마마 진이 지미 물건을 마저 싸는 동안에 지미와 크랩은 식탁에 앉아 있었다.

지미는 불안했다. 어떤 말을 해야 할지 또는 가야 할지 말아야 할지 몰랐다. 거리로 뛰어나가 크랩이 떠날 때까지 밖에 있을까 생각도 해 보았다. 일이 제대로 풀리지 않으면 돌아오라고 마마 진이 말했는데 그건 좋았다.

"교과서 가져갈래?"

마마 진이 물었다.

지미가 고개를 끄덕였다. 마마 진이 전화 탁자에서 책들을 가져와 여행 가방에 넣었다. 그녀가 가방을 닫자 크랩이 일어나서 이제 그만 가자고 말했다.

"괜찮을 거다, 지미."

크랩이 말했다.

크랩이 마마 진과 포옹을 하자 곧이어 지미가 그녀에게 다가갔다. 그들은 서로 부둥켜안았고 그녀가 지미에게 키스를 했다. 그러고는 얼굴을 돌렸고 지미는 그대로 크랩을 따라 계단을 내려갔다.

크랩과 지미가 현관에 내려왔을 때, 몇몇 아이들이 계단에 앉아서 카세트테이프를 틀고 있었다. 그들이 거리로 들어서는데 마마 진이 부르는 소리가 들렸다. 지미가 걸음을 멈추고 창문을 올려다보았다.

"여기 책이 하나 남았어!"

마마 진이 아래를 향해 소리쳤다.

"그거 필요하니?"

크랩이 물었다.

"예."

지미가 대답하고 여행 가방을 내려놓았다.

지미가 계단으로 가서 마마 진에게 책을 던지라며 두 손을 내밀었다. 그녀가 지미에게 올라와서 가져가라고 손짓하고는, 창문 안쪽으로 모습을 감추었다.

지미가 어서 가자고 손짓을 하는 크랩을 쳐다보았다.

"마마 진이 널 못 가게 할 거다. 얼른 와, 안 그러면 마마 진이 널 밤새 여기 놔둘 거야."

크랩의 목소리가 단호했다.

"얼른 갔다 올게요."

지미가 말했다.

지미는 대답을 기다리지 않고 쏜살같이 계단으로 달려갔다. 마마 진이 손에 책을 들고 기다리고 있었다.

"50달러야. 돈이 있다는 걸 크랩에게 알리지 마. 애야, 네 상황이 안 좋아지면 집으로 와."

마마 진이 손수건 안에 꼭 넣어 둔 돈을 꺼내 지미에게 건네며 말했다.

"받을 수 없어, 마마 진."

"하느님이 우리를 지켜 주실 거야, 지미. 그러니 너무 걱정하지 마."

마마 진은 지미를 밀어내고 돌아서서 재빨리 지미가 기억하는 유일한 집, 조그만 아파트 안으로 들어갔다.

지미는 주머니에 돈을 넣고 천천히 계단을 내려가서 크랩에게 다가갔다.

그들은 두 블록을 걸어갔고 크랩이 담배를 피려고 발걸음을 멈추었다.

"잠깐 여기서 쉬자."

크랩이 지미에게 말했다. 지미는 조니 크루즈 아버지가 일하는 작은 잡화점에 들어가는 크랩을 쳐다보았다. 크랩의 걸음걸이가 우스꽝스러웠다. 다리를 제대로 구부리지 못하고 뻣뻣하게 뻗으며 걷는데, 그가 움직일 때 다리가 살짝 흔들리고, 머리는 양옆으로 왔다 갔다 움직였다.

크랩이 잡화점 안으로 들어갔다가 잠시 후에 나타났다. 그러고는 걸음을 멈추고 담배 한 개비를 꺼내 천천히 불을 붙였다. 그가 자신을 시카고에 데려가려는 마음을 바꾼 걸까 지미는 의심했다.

"준비됐니?"

크랩이 묻자 지미가 대답했다.

"예."

크랩이 회색 도지(미국제 승용차: 옮긴이)로 걸어가서는 주머니를 뒤지더니 트렁크를 열었다.

"차가 있는 줄 몰랐어요. 마마 진에게 버스를 타고 갈 거라고 했잖아요."

지미가 말했다.

"운전은 썩 잘하지 못해. 죽 감옥에 있어서 운전 연습을 많이 못 했지. 마마 진이 내가 차가 있다는 걸 알았다면 그저 네 걱정만 더 했겠지.”

크랩이 씩 웃으며 말했다.

지미는 트렁크 안에 가방을 넣었다. 크랩이 트렁크를 닫고 빙 돌아 운전석으로 가서 문을 열고 미끄러지듯 안으로 들어갔다. 지미는 마마 진이 있다고 생각되는 곳을 돌아다보았다. 슬며시 거리로 와서 지미에게 돌아오라고 팔을 흔드는 마마 진을 볼 수 있기를 기대했다. 그녀가 그곳에 와서 지미를 불렀다면, 지미도 돌아갔을지 몰랐다.

“날 봐서 정말 놀란 것 같구나.”

크랩이 말했다.

“예.”

“마마 진이 내게 편지 쓰라고 한 적 없니?”

“쓰고 싶으면 쓰라고 했어요. 근데 글을 썩 잘 쓰지 못해요.”

지미가 대답했다.

비가 다시 내리기 시작했다. 지미는 마마 진이 텔레비전 앞의 큰 의자에 앉아서 손가락으로 식탁보 무늬를 훑는 모습을 떠올렸다. 크랩이 자동차 왼쪽 손잡이를 더듬어, 앞쪽 와이퍼를 켜는 스위치를 찾아냈다.

“넌 네 엄마를 닮았어. 아무튼 꽤 닮았어.”

크랩이 말했다.

“엄마 사진이 있어요?”

지미가 말했다.

“하나 있었으면 좋겠구나. 어떤 자가 내가 갖고 있던 사진들을 빼앗아 갔거든."

크랩의 말에 지미가 물었다.

"사진을 빼앗았다고요?"

크랩이 지미를 쳐다보며 어깨를 으쓱였다.

"그래, 그랬어. 감옥 밖에 여자가 없으면서도, 여자가 있는 척하는 녀석들이 있어. 잡지에서 여자 사진을 오리는 녀석들도 있고. 가끔 다른 녀석들 사진을 훔치기도 하지. 감옥은 있을 곳이 못 돼."

몇 킬로미터 갔을 즈음, 지미는 살짝 긴장이 풀리기 시작했다. 여전히 숨을 쉬기가 곤란했지만 천식 발작이 일어날 것 같지는 않았다. 그래도 몸이 진짜 피곤하게 느껴졌다. 지미는 잠들었다가 깜짝 놀라며 잠에서 깼다. 크랩이 힐끗 지미를 쳐다보고는 길로 눈길을 다시 돌렸다.

지미는 마마 진이 또 생각났다. 비 때문에 그녀의 관절염이 도지지 않았는지 궁금했다. 그렇다면 마마 진은 아침에 일어나기 힘들 테고 지미가 그곳에 없으니 차를 만들어 줄 수도 없다. 그녀가 지미 생각을 하고 있을지, 슬퍼하고 있을지 궁금했다. 지미는 그녀에게 인사 하고는 "사랑해."라고 말하던 모습을 떠올렸다.

지미는 눈이 촉촉해지는 느낌이 들어 꼭 감았다. 다 괜찮아질 거라고 중얼거렸다. 가끔 다른 아이들처럼 아빠가 있다면 어떨까 궁금했던 적이 있다. 이런저런 이유로 언제나 아버지를 정해진 시간에 집에 들어오라고 말하는 사람, 또는 숙제를 안 했을 때 화를 내는 사람으로 상상했다. 아버지와 함께 둘이서 야구 경기를 보러 가거나 혹은 산책하러 공원에 가는 모습을 상상해 보기도 했다. 시카고에 대해서는 생각해 본 적이 없었다.

5

지미는 눈을 떴을 때 그들이 어디에 있는지 몰랐다. 차는 길가에 세워져 있었다. 밤이었다. 외계에서 온 기린처럼 길 위로 곧게 뻗은 키 높은 기둥들이 길 너머에 있었는데, 기둥의 번쩍번쩍 빛나는 거대한 눈들이 밤을 밝히고 있었다. 전구 주변의 초록색 광채 사이를 날아다니는 작은 곤충들이 보였다. 지미는 크랩이 뒷자리에 있는지 살펴보았다. 그는 없었다.

지미는 다시 눈을 감고서, 도로 잠을 청하기로 했다. 순간 거의 반사적으로 눈이 떠져서 몸을 틀어 차 뒤쪽을 보았다. 멀리 주유소가 보였다. 아마도 기름이 떨어졌나 보다고 생각했다. 지미는 차에서 나왔다.

밤은 서늘했고 지미는 몸이 떨렸다. 차 뒤로 걸어가며 주유소 쪽을 바라다보았다. 크랩이 안 보였다. 나뭇잎들이 길을 가로지르며 날아다녔고, 작은 동물 같은 게 어둠 속에서 바스락바스락 소리를 냈다. 지미는 차 안에 들어가서 쾅 소리 나게 문을 닫았다. 라디오를 켜려고 손을 뻗었다가 멈추고, 무릎 안에 손을 끼웠다.

지미는 차문을 잠그고 크랩 자리도 문이 잠겼는지 살펴보았다. 잠겨 있지 않았다. 지미는 심호흡을 하고 다시 주유소 쪽을 뒤돌아보았다.

크랩이 보였다. 키 큰 그림자가 움직이는 모습을 보고 크랩임을 알 수 있었다. 크랩이 확실한지 알 수 있을 때까지 지미는 그가 가까이 다가오는 모습을 지켜보았다. 역시 크랩이 맞았다.

그가 몸을 돌려 차문을 열고서 미끄러지듯 자리에 앉았다. 잠시 후에 크랩이 운전자 쪽 창유리를 내리고 운전대를 잡고 미끄러지듯이 차를 출발시켰다. 차가 갓길의 자갈 위를 덜그럭거리며 지나, 갑자기 요동치며 고속도로를 향해 달려가도, 지미는 계속 눈을 감고 있었다. 이윽고 지미가 눈을 뜨고 기지개를 켰다.

"깼니?"

크랩이 물었다.

"예. 벌써 시카고 근처예요?"

지미가 물었다.

"가고 있는 중이야. 곧 차를 세우고 기름을 넣어야 해. 요기할 곳도 찾아야 하고. 배고프니?"

크랩이 물었다.

"그렇게 배고프지는 않아요."

지미가 대답했다.

"마마 진에게 전화도 해야 하고."

크랩이 말했다.

그들은 말없이 한 시간을 더 달렸다. 먼 하늘이 밝아 오기 시작했다. 도시 가까이 있어서, 잿빛 하늘에 빌딩들이 어렴풋이 드러났다. 차량이 늘어났고, 큰 트럭들이 덜거덕거리며 그들을 지나 도시로 들어갔다.

"여기 어디예요?"

지미가 물었다.

"클리블랜드."

크랩이 대답했다.

크랩이 어떤 곳을 찾는 듯 잠깐 동안 빙빙 돌다가, 주유소 안으로 들어갔다. 그러고는 차창을 내리고 직원에게 연료 탱크에 가득 채워 달라고 말했다.

"저기, 우린 로스앤젤레스에 가는 길인데 뭘 좀 먹으려고 해요. 가서 아침을 먹는 동안에 저기 담벼락에 차를 대 놓아도 될까요?"

크랩이 아는 사람인 듯 기름을 넣는 갈색 얼굴의 남자에게 말했다.

"먼저 기름 값부터 내세요."

직원이 크랩을 곁눈질하며 말했다.

"물론이지요. 아침나절 내내 주차장을 찾느라 시간을 허비하고 싶지 않아서 그래요."

크랩이 고개를 끄덕이며 대꾸했다.

직원도 고개를 끄덕여 보이고는, 다시 주유기로 관심을 돌렸다. 연료 탱크가 다 차자 크랩이 남자에게 돈을 낸 뒤에, 차를 담장 근처로 끌고 갔다.

"마마 진이 만들어 준 닭튀김을 가져올걸."

둘이서 작은 식당까지 걸어가면서 크랩이 말했다. 식당 위에 '코로넷'이라는 간판이 있었다.

칸막이가 있는 자리에 앉자 크랩이 지미에게 원하는 걸 시키라고 말했다. 지미는 팬케이크와 우유를 주문했다.

"달걀 반숙 두 개와 베이컨 다섯 조각 주시오."

크랩이 말했다.

"베이컨은 네 조각이 나옵니다. 더 먹고 싶으면 두 배 값을 내세요."

주문을 받은 남자가 말했다.

"그럼 2인분과 커피를 주시오. 전화기는 어디 있소?"

크랩이 물었다.

남자가 벽전화기가 있는 뒤쪽을 가리키자 크랩이 슬며시 자리에서 일어나 전화기로 향했다.

지미는 그들이 멈추었던 길가 주유소에서 크랩이 어떤 일을 했는지 궁금했다. 그가 화장실에 갔었던 거라고 생각했다.

지미는 크랩을 건너다보았다. 그는 식당을 등지고 머리를 숙이고 있었다. 그가 몸을 돌려 지미를 돌아보며 엄지손가락을 추켜올렸다. 지미도 엄지손가락을 들었다.

지미는 자신이 크랩에게 어떻게 보일지 궁금했다. 크랩은 우리가 닮았다고 생각할까 아니면 안 닮았다고 생각할까? 좀 더 많은 사람들이 식당에 들어왔다. 노동자들로 대부분 흑인이었다. 한 남자는 키가 크고 목이 길었다. 그는 연장이 달린 벨트를 차고 있었다. 지미는 그가 어떤 일을 할지 생각해 보았다. 그가 차고 있는 폭넓은 가죽 벨트에는 각각 다른 세 종류의 펜치가 있었다. 손잡이가 모두 빨간색이었는데, 나사돌리개들과 지미가 본 적이 없는 연장이 하나 있었다. 남자는 마치 말이라도 되는 양 등받이 없는 의자에 걸터앉아서 신문을 읽기 시작했다. 지미와 크랩의 주문을 받았던 남자가 말 한마디 나누지 않고 키 큰 남자에게 커피와 도넛을 갖다 주었다.

"마마 진이 네가 잠을 잘 잤는지 알고 싶어 하더구나. 그래서 밤새 잘 잤다고 했다. 그녀를 걱정하게 만들 필요는 없잖아."

"마마 진이 나랑 얘기하고 싶지 않대요?"

지미가 물었다.

"일하러 갈 준비를 하는 것 같더라."

크랩이 말했다. 그러고는 자리에서 몸을 살짝 비틀어 창밖을 내다보았다.

"클리블랜드를 어떻게 생각하니?"

"좋아요."

지미가 대답했다. 지미는 일하러 갈 준비를 하는 마마 진을 그려 보았다. 날이 춥다면, 그녀는 파란색 코트를 입고 목을 꼭 여몄을 거다. 아무리 추워도 장갑은 끼지 않았다.

몸집이 큰 여자가 아침 식사를 가져와서는, 지미 접시 가까이에 팬케이크에 끼얹을 플라스틱 시럽 종지를 내려놓았다.

"클리블랜드에 친구가 몇 명 있단다. 거기서 잠깐 머물 거야."

크랩이 말했다.

"시카고에 일자리를 구했다고 했잖아요."

지미가 말했다.

크랩이 베이컨을 한쪽으로 밀어 놓고 토스트로 달걀노른자를 터뜨렸다. 그러고는 토스트로 달걀노른자를 찍어 그대로 입에 넣었다.

"그래, 그럴 생각이었어."

크랩은 피곤해 보였다.

문이 열리고 한 남자가 작은 통을 굴리며 들어왔다.

"생선이 필요한 사람은 패리스에게 물어봐요."

그 남자가 말했다.

"우리도 생선이 좀 필요해요. 싱싱해요?"

아침 식사를 갖다 준 여자가 물었다.

"얼마나 싱싱한지 이 녀석들 걸어서 바다로 갈 수 있을 정도요."

남자가 씩 웃으며 말하자 금니가 드러났다.

"커피를 마시자마자 곧장 바다로 데려다주겠다고 녀석들에게 말했소!"

"그 말을 믿는다면 참 멍청한 생선들이겠소."

벨트에 연장을 찬 남자가 말했다.

"생선은 모두 멍청이라오. 어항에 금붕어를 넣어 놓아도 그저 왔다 갔다 헤엄이나 치면서 전혀 신경 쓰지 않잖소."

어부가 말했다.

"생선 10킬로그램 주세요."

여자가 이렇게 말하고 카운터를 빙 돌아와서는 통 안을 들여다보았다.

"도미 맞아요?"

"대부분 도미라오. 그 안에 민어도 몇 마리 있소."

어부가 말했다.

"아, 그럼 15킬로그램 줘요."

여자가 말했다.

지미는 벌떡 일어나는 크랩을 보았다. 그는 커튼 뒤로 가서 창밖을 내다보고 있었다. 지미가 확인했더니 주유소 직원에게 말을 걸고 있는 경찰이 보였다. 둘이서 잠깐 동안 이야기를 나누고 경찰이 걸어갔다. 크랩이 커튼을 놓고 자리로 돌아와 밥을 먹었다.

그들이 아침을 다 먹었을 즈음, 지미의 배가 다시 아파 왔다. 무언가 잘못되었다. 무엇보다도 지미는 마마 진에게 말을 하고 싶었다. 크랩에게 진짜 전화를 했는지 물어볼까 생각했다가, 곧 생각을 고쳐먹었다. 기회가 닿으면 그때 전화를 하면 될 거다.

"목적지까지 얼마나 더 가야 해요?"

차를 향해 길을 건너가면서 지미가 물었다. 유피에스(미국 조지아 주 애틀랜타에 본사가 있는 국제 화물 운송을 주로 취급하는 세계 기업: 옮긴이)의 갈색 트럭이 그들 앞에 멈추자, 둘은 차가 움직일 때까지 기다렸다가 계속 걸어갔다.

"바쁘니?"

크랩이 물었다.

"알고 싶어 하는 게 잘못이에요?"

지미가 되물었다.

"아니, 알고 싶어 하는 게 잘못은 아니지. 일자릴 구하는 데 오랜 시간이 걸리지는 않을 거다."

크랩이 말했다.

"마마 진에게 전화할까 생각 중이에요."

지미의 말에 크랩이 놀라며 조심스러워했다. 지미는 크랩에게 말을 걸고 싶지 않으면서도, 그가 어떤 일을 하려는지 물어서 알고 싶기도 했다.

"너도 마마 진을 언짢게 하고 싶지는 않을 텐데."

그들이 차에 다가가자 크랩이 말했다.

"타자."

"아니요, 지금 마마 진에게 전화할 거예요."

지미가 전화박스를 찾아서 두리번거렸다.

"지미……."

크랩이 말하려고 했지만 지미는 벌써 주유소의 건물을 지나 아까 찾아낸 공중전화를 향해 걸어가고 있었다.

지미는 전화박스에 가서, 거치대에서 수화기를 들고, 다이얼을 돌리기 시작했다. 그러다가는 지역 번호를 돌리지 않았다는 걸 깨닫고, 다시 다이얼을 돌리기 시작했다. 크랩이 지미 어깨 너머로 손을 뻗어 수화기 거치대를 눌러 전화를 끊었다.

지미가 홱 돌아서자, 손에 든 수화기가 크랩의 가슴에 닿았다.

"왜 그래요?"

지미가 물었다.

"얘기 좀 할까?"

크랩이 말했다.

"무슨 얘기요?"

지미의 목소리가 높아졌다.

"그냥 내게 시간을 좀 줘. 10분만 네게 얘기할게. 기회를 달라는 게 전부야."

크랩이 말했다.

"자, 얘기해 보세요."

지미가 말했다.

"차를 타고 일단 출발하자."

크랩이 말했다.

"왜 여기서는 말을 못해요?"

"야."

크랩이 돌아섰다가, 직원이 그들을 쳐다보는 걸 알고는 다시 지미에게 몸을 돌렸다.

"지미, 내가 하려는 일이 널 해칠 것 같니? 네게 잘못을 저지르려고 뉴욕까지 먼 길을 간 게 아니야. 난 그냥……"

크랩이 세차게 숨을 쉬자 가슴이 부풀었다. 그가 지미를 쳐다보았다가 눈길을 피했다. 그의 눈 속에 무언가, 갑자기 두렵고 슬픈 무언가가 어렸다.

"왜 여기서 얘기하면 안 돼요?"

지미가 거듭 물었다.

"경찰이 날 찾고 있기 때문에."

크랩이 말했다.

주유소 직원이 세차를 하고 있었지만, 시선은 그들을 향하고 있었다. 거리에서 직원에게 말을 걸었던 경찰이 우편배달부에게 말하고 있었다. 우편배달부의 소형차가 그들 사이에 있었다.

크랩이 차로 돌아가서 안에 들어갔다. 지미는 돌아서 반대 방향으로 걸어갔다. 어떻게 해야 할지 몰랐다. 크랩에게 무슨 말을 해야 할지도 몰랐다. 심지어 크랩을 잘 알지도 못했다.

걸어가는데 눈에 눈물이 고이고 빛이 산산조각으로 부서졌다. 지미는 버스 정거장을 찾아서 뉴욕으로 돌아가려고 생각했다. 한편 크랩이 걱정되기도 하였는데 왜 그런지 그 이유가 확실하지 않았다. 두렵고 피곤했다.

지미는 걸음을 멈추고 뒤돌아 주유소로 향했다. 크랩이 차를 빙 돌려 지미 옆에 세웠다.

"야, 잠깐 말 좀 하자. 그런 뒤에 네가 하고 싶은 대로 해. 아무튼 네게 어떤 일도 시키지 않을 테니. 제발."

지미는 거리를 쳐다보았다가, 경찰에게 말을 거는 직원을 보고 차에 탔다.

크랩이 차를 클리블랜드 시내로 몰았다. 거리가 차들로 들어차고 있었다. 좀 더 시내로 들어가자 작업복을 입은 사람들보다 정장을 입은 사람들이 더 많아졌다. 크랩이 뚫어져라 앞을 응시하자 지미는 되도록 차문에 바짝 앉았다. 그들은 공원 가까이에서 좌회전을 해 넓은 거리로 들어갔다. 흑인과 백인 아이들이 학교에 가고 있었다. 뉴욕의 아이들과 별로 달라 보이지 않았다.

지미는 코를 훌쩍이며 자신의 행동을 후회했다. 자신이 크랩을 두려워한다고 여기지 않길 바랐다.

그들은 공원으로 들어가 호숫가로 차를 몰고 가서는 반대편으로 나왔다. 곧이어 다시 고속도로로 돌아갔다.

"난 그린 헤븐에 있었다. 거기에 두 번 갔어. 처음에는 무장 강도 때문에. 그러고 나서 라웨이의 교도소에 갇혔지. 그 뒤에 다시 그린 헤븐으로 돌아갔어. 이번에는 8년 동안 있었는데, 가석방되려면 2년을 더 있어야 했어. 내가 가석방으로 풀려나지 못할 수도 있다곤 생각도 안 했지."

크랩은 운전대에서 오른손을 떼고 손가락을 구부렸다. 이어서 왼손도 운전대에서 떼어 오른손과 똑같이 했다.

"기분이 정말 안 좋았어. 내게 아주 작은 문제가 생겼거든. 어느 날 진료소에 가서 등이 아프다고 했단다. 그런데 통증에 대해 아무런 설명을 안 하고 아스피린만 줬어. 하지만 통증은 계속됐어. 등에 문제가 없다고 드러났지만, 콩팥에는 문제가 있었지. 날 감옥의 병원에 보냈는데 그들 말이……."

크랩이 창밖으로 눈길을 돌렸다. 클리블랜드 외곽에는 도시의 빌딩들보다 좀 더 최신 건물로 보이는 사무실용 큰 빌딩들이 있었다. 지미는 사람들이 어떻게 그곳에 일하러 가는지 궁금했다.

크랩을 유심히 바라보며, 그의 얼굴 표정을 읽으려고 했지만 알수 없었다.

"그때 무슨 일이 있었어요?"

지미가 물었다.

"그때 내가 해야 할 일이 생각났지. 한밤중에 독방에 앉아서 거의 잠을 못 이루고 너에 대해 생각하기 시작했어."

크랩이 말했다.

지미가 눈길을 돌렸다.

"편지도 안 썼잖아요."

"그래, 알아. 편지지에 하고 싶은 말을 절대 쓸 수 없었기 때문에 편지를 쓰고도 부치지 못했어."

"뭐라고 말하고 싶었는데요?"

지미가 물었다.

"가장 먼저 널 사랑한다는 말을 하고 싶었지. 그런데 그 말이 적절하게 들리지 않았어. 심지어 진실이 아닐 수도 있다는 생각까지 들었지. 내가 진짜 아프다는 걸 알았기 때문에 사랑한다는 말을 하고 싶었던 건지도 모르겠고."

"무슨 병이에요?"

"몰라. 그 사람들이 그 일에 대해 거창하게 말하더구나. 주로 콩팥과 관련된 이야기, 한쪽 콩팥을 살릴 수 있다고 했어. 그러고 나서는 계속해서 피를 깨끗하게 해 주는 기계로 투석하면 될 거라고. 하지만 그들이 수감자를 수술하기 시작할 때 어떤 생각을 하고 있는지 몰라. 진지할 수도 있고 어쩌면 아닐 수도 있지.

난 모르지만 말이다."

"그게 마마 진과 무슨 관련이 있어요? 왜 마마 진에게 전화를 못 하게 하는 거예요?"

지미가 물었다.

"마마 진을 언짢게 하고 싶니? 넌 그것보다 더 용감하다고 생각하는데."

크랩의 질문에 지미는 대답하지 않았다.

"그래서 혼자 힘으로 해야 했단다."

크랩이 말했다.

"그게 무슨 말이에요?"

"난 병원에 갔고 몹시 아팠어. 병원에서 그들은 긴장을 풀었지. 그러던 지난 주 어느 날 그들이 내 화장실을 청소해야 해서 간호사가 날 복도에 있는 직원 화장실을 쓰게 했지. 그녀가 이런 저런 일로 전화하러 가자 난 계단을 내려갔어."

"병원에서 탈출했다는 말이에요? 지금 경찰에게 쫓기고 있어요?"

지미가 물었다.

"음, 그러니까……."

지미가 한 말이 차를 가득 채웠다. 지미가 계기반을 두드렸다.

"내 말 좀 들어 봐! 좀 들어 보라고!"

크랩이 지미의 꼭 쥔 손을 잡고 계기반에서 끌어당겼다.

"널 위해 그랬어, 지미! 신께 맹세하는데 널 위해 그랬어!"

지미는 울 것 같았지만 힘껏 꾹 참다가 결국 울어 버렸다.

"날 위해 그런 게 아니잖아요!"

"잠깐만! 왜 그랬는지 이유를 말하마!"

"차를 세워요. 날 내보내 줘요!"

크랩이 길가에 차를 세웠다. 지미가 차문을 열려고 애쓰자 크랩이 몸을 돌려 지미를 잡았다.

"널 위해 그랬어. 어떤 일이 있었는지 말해 줄게. 내게 5분만 줘. 난 네 아버지야."

"싫어요. 싫다고요."

지미가 심호흡을 하며 진정하려고 애썼다. 그러고는 양손으로 얼굴을 훔쳤다.

"네게 편지를 쓰려고 했지만 제대로 되는 게 하나도 없었어. 잘되는 게 없으니까 나 자신이 아무것도 아닌 것처럼 느껴졌지. 네가 말한 대로 말이다. 난 아무것도 아니고 내 느낌이 그랬어. 네가 나에 대해 뭐라고 할지 생각해 보았고. 나의 아버지에 대해서도 말해 주고 싶었어. 아버지는 우리에게 많은 것을 줄 수 없었지만 그래도 난 아버지를 사랑한다고 말하곤 했다. 넌 그 말도 안 했어. 날 알지도 못했잖아!"

"사랑하지 않는다는 건 알아요!"

"알았다. 마음이 아프지만 알았어. 하지만 너와 딱 하나만은 해결하고 싶구나. 내가 그 경비원들에게 총을 쏘지 않았고 죽이지도 않았다는 건 사실이야. 이 세상에서 별의별 일을 다했지만 절대 누구도 안 죽였어. 어떤 판사에게도 그걸 증명할 수 없었고, 배심원들은 나를 믿지 않았지. 하지만 네겐 그걸 증명할 수 있어! 증명할 수 있단다, 지미!"

지미가 크랩을 쳐다보자 그의 눈이 눈물로 빨갰다.

"왜 그걸 증명하지 못했는데요?"

지미의 목소리가 잦아들었다.

"왜 배심원들에게 그걸 증명하지 못했냐고?"

크랩이 양손으로 운전대를 꽉 쥐었다.

"왜냐하면 그들에게 내 말을 믿게 할 이유를 댈 수 없어서. 그게 바로 이유야. 그들은 내가 도둑이라는 걸 알고 있었어. 내가 교육을 받지 못했다는 것도 알고. 그들에게 보이는 건 그들이 판결을 내려야만 하는 또 한 명의 흑인일 뿐이었어. 그게 다야. 그들이 왜 나를 믿어야 할까?"

"안 했는데 왜 그 사람들은 가장 먼저 아버지 짓이라고 했어요?"

"그날 어떤 일이 일어났는지 말할 테니 들어 보겠니?"

지미가 어깨를 으쓱였다.

"그러고 싶다면요."

"바로 작년에 네게 하고 싶었던 말이야."

크랩이 말했다.

그가 다시 차의 시동을 걸고, 백미러를 살펴보며 고속도로로 들어섰다.

"난 브롱크스 달리 애비뉴에서 살고 있었어. 남자들 몇 명이 와서 큰 건이 있다고 말했단다."

"뭐라고요?"

"큰 건."

크랩이 다시 말했다.

"그건 돈 같은 걸 얻으려고 하는 일이야. 난 파산했고, 직업도 없었지."

"난 어디 있었는데요?"

"넌 진과 살고 있었어. 그녀가 나보다 널 더 잘 돌볼 거라고 생각했단다."

크랩이 말했다.

"마마 진이 가끔 아버지가 돈을 보냈다고 했어요."

지미가 말했다.

"진이 그렇게 말했다고?"

"예."

"아무튼 두 남자가 내게 왔어."

크랩이 설명을 계속 이어 나갔다.

"한 남자는 리치 듀턴이었고, 사람들은 그를 프랭크라고 불렀지. 다른 남자는 라이델 뒤피였어. 라이델은 말이 많지 않았어. 프랭크는 늘 말이 많았지만. 프랭크는 브루클린 출신이고 라이델은 고향 사람이었단다."

지미는 크랩이 말하고 있는 사람들의 모습이 어떤지 떠올리려 했지만, 명확하게 떠오르지 않았다. 그러면서도 그가 거기 있었던 이유를 계속해서 자문했다. 대체 어떤 잘못된 일을 했기에 신이 그에게 화를 내는 걸까?

"그가 알고 있는 녀석이 현금 수송 트럭을 몰았다고 하더구나."

크랩이 계속 이어 말했다.

"그 녀석이 큰돈을 실은 트럭이 퀸즈의 흑인 거주지를 지나가게 될 거라고 했다는 거야. 돈을 싣기 위해 멈추면 그들이 리버티 애비뉴의 식품점에 차를 세우고 샌드위치를 살 거라고도 했지. 그때 우리가 그들을 덮치면 된다고."

"그들에게 권총 강도를 벌인다는 말이에요?"

"그래. 내가 잘못을 저질렀다고 했지. 네겐 어떤 것도 숨기려고 안 할 거야. 하지만 내가 사람을 죽였다고 여기지 않았으면 좋겠다."

"그래요."

지미는 창밖을 내다보았다. 길가에 커다란 표지판이 있었다. 크랩의 목소리를 듣지 않으려고 뒤를 보며 표지판을 읽으려고 애썼다. 하지만 여전히 그의 목소리가 들렸다.

"모든 건 그 다음 주 수요일로 정했어. 난 그게 좀 웃기더라. 언제든 무장한 수송 트럭과 맞닥뜨릴 기회가 있었으니까. 경비원들은 총을 가지고 있었어. 그들이 카우보이 타입인지 아닌지는 모르겠지만."

디데이에 난 새벽 2시 30분쯤 일어났고 치통 때문에 머리통이 깨질 듯이 아팠어. 모든 게 뒤죽박죽 엉망이었지. 그래서 프랭크와 라이델이 왔을 때 그들에게 함께할 수 없다고 했어. 그러고는 다음 주에는 할 수 있을 것 같다고 했지. 라이델은 내 이가 아픈 게 만족스러운 듯 괜찮다고 했단다. 하지만 프랭크는 들으려고도 안 했어.

　우리는 한동안 갈팡질팡했고 결국 둘은 나를 빼고 그 일을 계속하기로 결정했단다. 그날 밤 난 라디오에서 그 뉴스를 들었어. 라디오에서는 경찰이 두 명의 푸에르토리코인들이 강도짓을 벌였다고 추정했어. 그들이 3, 4천 달러쯤 갖고 달아났다고 했고. 그건 푼돈이었어. 라디오에선 경비원 두 명이 총에 맞았는데 한 명이 죽었다고 했단다. 난 그 자리에 없었던 걸 신께 감사드렸지.”

　“그것 때문에 감옥에 간 거라고 말했잖아요.”

　지미가 말했다.

　“그들이 내게 유죄 판결을 내렸으니까. 하지만 그것만 있었던 게 아니야. 그 일이 일어난 다음 날 병원에 가서 이를 치료했단다. 집에 돌아왔는데 경찰 셋이 복도에서 날 기다리고 있더라. 그들은 입도 뻥끗 안 했어. 그냥 주먹으로 내 배를 때리고 날 복도로 팽개쳤지.”

　크랩이 말했다.

　차가 타다닥타다닥 소리를 내더니, 급격히 속도가 떨어지면서 움직이지 않았다. 뒤차가 크랩의 주목을 끌며 거칠게 경적을 울렸다. 엔진이 다시 멈추기 전에 차는 가까스로 길에서 벗어났다.

　“탱크에 물이 들어간 게 분명해! 괜찮니?”

　크랩이 머리를 내저으며 소리쳤다.

　“예.”

　엔진 소리가 조용해지자 크랩이 몸을 숙이고, 양팔을 운전대에 걸치며 심호흡을 했다. 그가 지미를 쳐다보았다가, 백미러를 살펴보고는, 다시 차량들 속으로 들어갔다. 이번에는 도로 오른쪽에 계속 머물렀다.

"그러고 나서 어떤 일이 일어났어요?"

지미가 물었다.

"그러고 나서 경찰이 하숙집의 내 방으로 나를 데려가서는 방을 뒤지고 돈을 숨긴 곳을 물었지. 내 얼굴에 뭔 일이 있었는지도 물어서, 방금 이를 뽑았다고 대답했고. 내가 그 말을 하자 경찰이 내 얼굴을 마구 때리더라.

경찰이 날 관할서로 데려갔는데, 엄청 아팠지. 그래, 엄청나게 아팠어. 그들이 날 방으로 데려갔는데 거기에 프랭크가 있더구나. 머리는 붕대로 감겨 있고 왼쪽 팔에는 삼각 붕대를 하고 있었지. 경찰이 내가 함께 있었느냐고 묻자 그 녀석이 그렇다고 대답했어."

"거기 없었는데 왜 있었다고 말했어요?"

지미가 물었다.

"나도 몰라."

크랩이 머리를 흔들었다.

"내 변호사는 프랭크가 총을 쏜 자일지 모른다고 말했어. 그때 녀석이 라이델에게 몸을 돌렸다면 라이델이 녀석을 가리키면서 총을 쏘았다고 말했을 거다. 나를 돌아보았다면 난 무죄라고 말할 참이었지. 하지만 그 녀석들은 내가 총을 쏘았다고 말하고 가벼운 죄만 인정했단다."

"뭐라고 말했어요?"

"네게 말한 대로, 그들에게 진실을 말했어. 배심원은 날 믿지 않았지. 일단 프랭크가 강도 현장에 있었다고 하니까 자동적으로 나에 대해 진실을 말하고 있다고 여긴 거야. 그래서 다들 만족스러워했어. 프랭크는 가벼운 형을 받았고, 경찰들은 사건 파일에 해결됐다는 도장을 찍었지. 어떤 녀석이었든, 내 생각에 그게 라이델이어야 했는데, 녀석은 깨끗하게 벗어났지."

"그게 진실이었다면 그들이 아버지를 믿었어야 하잖아요."

지미가 말했다.

"넌 날 믿니?"

크랩이 물었다.

지미가 어깨를 으쓱였다. 그들 앞 위쪽에 텔레비전 영상을 보여 주는 네온등이 있고, 바로 아래에 '소니, 미국적 가치관' 이라고 읽히는 큰 표지판이 있었다.

"넌 날 믿니?"

크랩이 다시 물었다.

"모르겠어요."

지미가 대답했다.

"넌 날 믿지 않아. 도대체 날 싫어할 이유가 없는데도 말이다. 지금 프랭크가 내가 무죄라고 말해도 넌 날 믿으려고 안 할 거야."

크랩이 말했다.

"그 아저씬 아직 감옥에 있어요?"

"그 녀석은 내게 불리하게 증언을 하고 18개월을 선고 받고 열 달 수감되었어. 그 뒤에 어떤 사람을 칼로 찔러 죽이는 바람에 플로리다 교도소로 보내졌단다."

"다른 아저씬 어떻게 됐어요?"

"라이델? 그 후로 본 적이 없기 때문에 그 녀석이 한 패였는지 아니었는지조차 몰라. 아무튼 녀석이 그대로 사라졌기 때문에 연루된 게 틀림없다고 생각하는 거고. 약 두 달 전에 그 녀석이 사는 곳을 알아냈어. 네게 고향 사람이라고 말했잖아. 아칸소에 있는 내 고향, 바로 그곳이 우리가 가고 있는 곳이란다. 하지만 먼저 시카고에서 만날 사람이 몇 명 있어."

"시카고에 일자리가 있는 줄 알았어요."

지미가 말했다.

"잠깐 동안 그곳에서 일할 수도 있어. 현금이 좀 생길 때까지."

크랩이 말했다.

지미는 눈을 감았다. 머리가 아프고 입이 말랐다. 크랩이 그에게 말을 할 때마다 상황이 변했다.

"아버지가 말한 그 아저씨가 경찰에게 아버지가 안 했다고 말할까요?"

지미는 물어보고 싶지 않지만, 어쩔 수 없었다.

"라이델? 모르지. 알아서 날 도와줄 수 있다면 좋겠지. 하지만 경찰에게는 말 안 해도 어쩌면 네겐 말할지도 모르고. 중요한 건 그거야."

크랩이 말했다.

그들은 네 시간 동안 차를 타고 갔다. 가끔 크랩이 말하며, 지미에게 농구를 하는지 어떤 팀을 좋아하는지 등을 물었다.

지미는 축구를 좋아한다고 크랩에게 말했는데 왜 그렇게 대답했는지 알 수 없었다. 거의 축구를 한 적이 없었지만 이따금 학교에서 운동하는 팀을 본 적은 있었다.

긴장한 채로 있었는지 얼마 후 지미는 다리가 저렸다. 차를 타고 가고 있는데도 온 몸이 긴장되었다. 몸을 편히 하려고 애썼지만 편해지지 않았다.

6

　오후가 반쯤 지나갔을 때 그들은 시카고에 다다랐다. 크랩은 시카고가 알아보기 힘들 만큼 변했다고 했다.

　"전에 여기 살았어요?"

　지미가 물었다.

　"그래, 한 20년 전쯤에. 제대한 직후였지. 이곳의 작은 그룹에서 연주를 했어. 하지만 대단한 그룹은 아니었단다. 난 재즈를 연주했고 그들은 블루스를 연주하고 있었지. 그들은 블루스로 선전을 했지만 돈은 많이 벌지 못했어."

　크랩이 말했다.

　"이곳에 아는 사람들이 있어요?"

　"그래. 뉴어크(미국 뉴저지 주 동북부에 있는 도시)에서 알았던 여자인데 오래전에 여기로 이사 왔어. 가서 내게 돈을 좀 융통해 줄 수 있는지 알아보자."

"얼마나 필요한데요?"

"한 천 달러쯤. 거지꼴을 하고 아칸소에 들이닥치고 싶지는 않단다."

그들은 술집 앞에 차를 세웠다. 크랩이 여기저기로 전화를 하는 동안 지미는 다른 칸막이 자리에 앉아 있었다. 지미의 생각은 고속도로로 돌아갔고, 잠에서 깼을 때 차에 없었던 크랩을 마음속으로 떠올렸다. 뉴욕으로 돌아갈까 생각하며 마마 진이 준 50달러면 충분할지 궁금했다.

"마비스가 아직 일어나지 않았단다. 아들이 엄마가 밤에 일을 한다고 하더구나."

크랩이 전화박스로 돌아와서 말했다.

"계산대에서 당신이 필요한 걸 구할 거요."

입술을 짙게 칠한 옅은 피부색의 여자가 느닷없이 크랩에게 말했다.

크랩이 맥주와 탄산음료를 사러 술집으로 갔다. 그가 마실 걸 사러 간 동안 지미는 양말목에 넣어 둔 돈을 만져 보았다. 돈은 여전히 거기 있었다. 크랩이 자리로 돌아왔을 즈음 지미는 다리를 긁으며 천장을 올려다보고 있었다.

"네 건 탄산음료를 샀다. 그거 마시지?"

크랩이 묻자 지미가 대답했다.

"그건 다들 마셔요."

"잠깐 여기서 있다가 마비스 집에 갈 거다."

"좋아요."

"배고프니?"

"아니요."

지미가 거짓말을 했다.

"넌 네 큰아버지를 약간 닮았어."

크랩이 말했다. 크랩이 맥주병을 지미를 향해 들어 보였다.

"큰 눈만은 네 엄마 거고."

"전에는 제가 어떻게 생겼는지도 몰랐잖아요?"

크랩이 말하기 시작하자, 적어도 말처럼 들리는 소리가 튀어나왔지만, 지미는 무슨 말인지 알 수 없었다. 그 말이 어떤 것이었든 차츰 잦아들었고 크랩은 눈길을 돌렸다.

그들 사이에 침묵의 순간이 흘렀고 이어서 또 한 차례 침묵이 이어졌다. 크랩은 눈은 떴지만 어떤 것도 바라보지 않는 듯했다.

"이따금 너에 대해 얘기하곤 했다."

그들이 내내 이야기를 나누고 있었던 것처럼 크랩이 말했다.

"수감자들은 둘러앉아서 자신의 애들에 대해 얘기하곤 했지. 여자에 대해 말할 때면 여자의 생김새에 대해 물으며 무례하게 구는 수감자들이 있기 때문에 주로 자신의 아들 얘기를 했단다. 여자 얘길 해 봤자 조만간 화를 내게 될 테니까 말이지. 그들이 아이들 얘기를 할 때 난 네 얘기를 했고, 아마도 그때 네 생각을 했을 거다. 네가 어떻게 생겼을까도 생각하곤 했지. 네가 진의 말을 잘 듣고 있나, 이런저런 일들 말이다."

"전 마마 진을 곤란하게 안 했어요."

지미가 말했다.

"어, 그래. 그건 잘했어."

크랩은 선잠이 든 것처럼 보였다.

"그래 너 뭐라고 말했니?"

"뭐라니요?"

크랩이 어깨를 으쓱거렸고 눈은 꿈꾸는 듯 멍해 보였다.

지미는 그가 무슨 말이든 할 거라고 여겼다. 크랩에게 감옥에 있는 게 어떤지 물어볼까 생각했다. 지미는 알고 싶었다. 그는 하루 종일 어떤 일을 했을까? 지미는 이내 교도소를 언급하는 게 크랩을 언짢게 할지 모른다고 생각했다.

"큰아버지는 어떤 일을 했어요?"

"베트남전에 나갔다가 전사했어. 네 큰아버지는 열두 살에 입대했고 열세 살 때는 베트남에서 진짜 전쟁이 일어났단다. 전쟁은 늘 계속되고 있지만 진짜로 일어나지는 않았었지."

크랩이 말했다.

"형은 그곳에서 한 차례 전투를 치르고 하사가 됐어. 군대에서 형에게 한 번 더 전장에 나간다면 장교가 될 수도 있다고 했지. 네 큰아버지는 첫 전쟁을 치렀고, 그러고 나서 두 번째 전쟁에 나갔다가 11개월 15일 만에 총에 맞았어. 군에서 네 큰아버지를 텍사스로 데려와서, 난 형을 만나러 그곳에 갔었어. 형은 상태가 안 좋았어. 너보다도 크지 않았는데. 완전히 쇠약해져 있더구나. 그러고는 베트남에서 돌아온 지 겨우 두 달 만에 죽었어."

"슬펐어요?"

"뭘 상상하니?"

크랩이 맥주병을 입술로 올리고 머리를 뒤로 젖혔다. 잠깐 동안 지미는 그의 후골이 까딱이는 걸 보았다. 지미는 곧이어 시선을 돌렸다.

크랩이 여종업원에게 맥주 한 병과 지미에게 탄산음료 한 병을 갖다 달라고 말하자 그녀가 그 말을 받아 적었다.

크랩이 탄산음료와 맥주를 테이블로 가져다 놓고는 전화기로 가서 전화를 걸었다. 전화를 걸고 나서는 화장실에 갔다. 지미는 또다시 양말에 넣어 둔 돈을 만져 보았다.

"오늘 밤 머물 곳이 생겼다. 외곽에 있는 하숙집이야."

크랩이 화장실에서 돌아와 말했다.

"예."

지미가 대꾸했다.

그들은 맥도날드에서 저녁을 먹었고, 지미는 크랩이 돌돌 만 지폐 뭉치를 갖고 있는 걸 보았다. 천 달러는 됨 직해 보였다.

그들은 먼저 하숙집으로 갔고, 크랩이 키 작은 백인 여자에게 일주일치 하숙비를 냈다. 여자는 가발을 살짝 뒤로 넘어가게 쓰고 있었다. 머리 앞쪽에 머리카락이 많지 않았다. 그녀가 앉아 있는 책상에 지난 잡지가 높이 쌓여 있어서, 돈을 계산하기 위해 한쪽으로 치워 놓아야 했다.

그녀는 천천히 돈을 셌고, 28달러쯤 세었을 때 엄지손가락을 핥았다.

"바로 지금, 그리고 토요일 아침에 깨끗한 수건을 줄 거예요."

여자가 뭉툭한 손가락으로 코를 쓱 문지르며 이렇게 말했다.

"수건을 돌려주지 않으면 14달러를 내야 해요."

여자는 크랩에게 열쇠를 주고 책상에서 몸을 뒤로 기댔다.

"우리가 돌아갈 때 갖다 놓을 거요."

크랩이 말했다.

그들은 건설 현장 근처 하숙집에서 떨어진 거리에 차를 주차해 놓았었다. 크랩이 다시 차를 출발시키려고 하자, 차는 윙윙대는 소리만 낼 뿐 꼼짝하지 않았다. 그가 다시 시동을 걸었지만 엔진은 윙윙 돌아가는 소리만 났고, 액셀러레이터를 세게 밟자 이번에는 더 세게 소리를 높였다가 덜덜덜 연속음을 내면서 멈추었다.

크랩이 소리 내어 웃었다. 지미는 그가 화를 낼 거라고 생각했지만, 그저 너털웃음만 뱉었다. 지미가 본 크랩의 첫 웃음이었다.

"차가 늙은 노새 소리를 내는구나. 살짝 소음만 낼 뿐 움직이려고 안 해."

그들은 차를 두고 택시를 타고 크랩이 안다는 여자의 집으로 갔다.

그 집은 겉보기에 멋졌다. 특별하지 않았지만 앞쪽에 베란다가 있는 진짜 집이었다. 베란다 한쪽에는 낡은 타이어들에 기대 놓은 녹슨 자전거가 있었다. 다른 쪽에는 카드놀이용 탁자가 있었다. 채널을 맞춘 탁자 위의 라디오에서는 음악 소리가 나오며 동시에 어떤 남자가 뉴스를 내보내고 있었다. 문밖으로 나와서 라디오로 다가간 여자가 틀림없이 그들이 만나러 온 여자일 거다.

"당신을 보니까 정말 좋군."

크랩이 말했다.

"크랩 리틀!"

그 여자가 계단 끝으로 와서는 양팔을 내밀었다.

"정말 당신이야!"

"그래, 나야!"

크랩이 두 팔로 그녀를 안고서 계단에서 끌어당겼다.

그들은 거의 동시에 말을 주고받았고, 지미는 한쪽에 서 있었다. 문이 열리는 걸 보고 지미가 고개를 돌렸는데, 지미 또래로 보이는, 어쩌면 한 살 정도 더 많아 보이는 남자아이가 걸어 나와서 문에 몸을 기댔다.

마비스 스토크스는 거의 쿠키처럼 젊어 보였다. 그녀의 머리에는 야구 모자가 비스듬히 얹혀 있었다.

"어떻게 지내? 이 애가 아들이야?"

그녀가 지미를 쳐다보며 크랩에게 물었다.

"그래, 맞아. 내 아들이야."

"음, 정말 당신을 닮았네. 들어와서 자리에 앉아."

마비스가 말했다.

마비스와 크랩이 안으로 들어가자, 문간에 서 있던 남자애는 지미에게서 시선을 돌리지 않았다. 지미가 옆을 지나 집 안으로 들어가면서 고개를 끄덕였지만, 그 애는 인사를 받는 척도 하지 않았다.

"프랭크, 지미에게 마실 것 좀 갖다 줘."

마비스가 말했다.

크랩과 마비스는 자리에 앉았다. 그리고 오래전에 둘이 알고 있었던 토니라는 사람에 대해 얘기하기 시작했다. 토니는 차를 다섯 대나 샀고 지금은 자동차 정비소를 운영하고 있다고 마비스가 말했다.

"바로 여기 시카고에서?"

크랩이 묻자 마비스가 말했다.

"바로 여기서. 토닌 절대 다른 일은 시작하려고 안 할 거야."

"음. 토니가 복권 같은 것에 당첨된 게 분명하군."

"복권에 당첨된 게 아니야. 그저 열심히 일해서 돈을 모은 거라고."

프랭크가 테이블에 캔 몇 개를 올려놓았고, 지미는 그중에 탄산음료가 있다는 걸 알았다.

"화장실이 어디예요?"

"왼쪽 바로 복도 아래야."

마비스가 말했다.

지미가 복도로 내려가서, 첫 번째 문을 밀어서 열자, 그곳이 화장실이었다. 지미는 문을 닫고 잠근 뒤, 또다시 양말 안의 돈을 살펴보았다. 마마 진을 생각하자 그녀와 얼마나 멀리 떨어져 있는지조차 모른다는 걸 깨달았다. 다시 거의 저녁 무렵이었다. 이틀이 흘렀다. 그들은 이틀 동안 뉴욕에서 멀어진 거다.

지미가 화장실에서 나왔을 때 크랩은 부엌 식탁 앞에 앉아 있었고 마비스는 거울을 보며 화장을 하고 있었다. 크랩 앞 식탁에 술병이 하나 있었고 그의 손에는 잔 하나가 들려 있었다. 텔레비전이 켜 있어서 지미는 그 앞의 의자에 앉았다.

"프랭크는 다부져 보이는데."

크랩이 말했다.

지미는 프랭크가 테이프를 감고 있는 끝 테이블 쪽을 건너다보았다.

"권투인가를 하면서부터 쟤가 날 집 밖에서 밥을 먹게 한다니까."

마비스가 말했다.

"스스로를 돌볼 수 있다는 건 좋은 일이지."

크랩이 이렇게 대꾸하고는 또 술을 자신에게 퍼부었다.

마마 진은 결코 술을 마시지 않았다.

"난 들어갈 때처럼 쉽게 꺼낼 수 없는 건 내 몸 안에 어떤 것도 넣고 싶지 않아."

마비스가 말을 이었다.

"가 봐야 해. 막 이 하찮은 일을 시작했는데 늦지 않는 게 좋잖아. 친구들 시카고에는 얼마나 있을 예정이야?"

마비스가 물었다.

"상황이 어떻게 해결되느냐에 달렸어. 그러고 나서 우린 떠날 거야."

크랩이 말했다.

"어디서 지낼 거야?"

"교외, 카힐에 지낼 곳을 구했어."

"벌써 구했다고? 여기서 지낼 줄 알았는데."

마비스가 말했다.

"그랬지. 근데 지낼 곳을 구했어. 당신에게 신셀 질 순 없잖아."

크랩이 말했다.

마비스가 지미를 쳐다보며 미소를 지었다.

"할 말이 있는데 여긴 어린 귀가 너무 많아."

마비스가 말했다.

"어떤 일을 해?"

크랩이 물었다.

"요양원에서 일하고 있어. 내일이 쉬는 날이야. 당신과 네 이름이 뭐니, 애야?"

마비스가 물었다.

"지미예요."

"내일 아침 먹으러 올래?"

"그래. 내가 위스키를 가져올게."

크랩이 대답했다.

"이제 됐어! 프랭크, 오늘은 체육관에서 다치면 안 돼."

마비스가 몸을 기울여 크랩에게 키스를 했다.

"알았어요."

프랭크가 웃으며 대답했다.

"그리고 밤새 밖에서 떠돌지도 마."

마비스가 말했다.

"그리고 루스벨트로 바꾸지 말고."

프랭크가 덧붙였다.

"그저 총 쏘고 칼로 찌르는 것뿐 그들에겐 그런 계획들 말고는 도대체 아무것도 없어. 그리고 당신들은 내일 아침 먹으러 여기에 와, 크랩."

마비스가 말했다.

"얼마나 오래 밤 근무를 해야 해?"

크랩이 물었다.

"한동안."

그녀가 코트를 입으며 대답했다.

"어, 당신 내게 편지도 안 쓰고 그걸 말하지도 않았잖아."

크랩이 투덜댔다.

"그렇게 오래되지 않았어. 당신이 나온다는 걸 알았다면 편지를 써서 알렸겠지. 실은 역으로 당신을 마중 나갔을 거야."

그녀가 대꾸했다.

"우린 차로 시카고에 왔어."

크랩이 말했다. 크랩은 지미를 곁눈질해 보다가 곧바로 눈을 피했다.

크랩과 마비스가 팔짱을 끼고 버스 정류장까지 걸어갔다. 프랭크는 체육관 가방을 들고 문을 닫고는 지미를 따라왔다.

버스가 오자 크랩과 마비스가 키스를 했다.

"너 어디 갈 거니?"

버스가 떠나자 크랩이 프랭크에게 물었다.

"체육관에 가야 해요. 곧 시합이 있거든요."

프랭크가 대답했다.

"체육관이 머니?"

"네 블록이요."

"그래. 함께 가서 네가 운동하는 거 봐도 되겠니?"

"그러세요."

프랭크가 대답했다.

프랭크에게는 지미를 불안하게 만드는 무언가가 있었다. 프랭크가 계속 지미를 쳐다보고, 가늠하면서, 자신이 지미를 평가하고 있다고 알렸다.

"지금 몇 살이니?"

마틴 루터 킹 대로를 내려다보며 크랩이 물었다.

"열여섯 살이요."

프랭크가 대답했다.

지미는 프랭크의 나이가 더 많아서 기뻤다

"전 올해 골든 글러브를 따야 해요. 제가 3라운드짜리 두 경기에서 우승하면 골든 글러브에 들어갈 거라고 코치가 말했어요."

"권투에 꽤 재능이 있는 거냐?"

크랩이 물었다.

"예."

프랭크가 비틀어진 웃음을 지었다. 지미는 그가 잘생긴 녀석이라고 생각했다. 강해 보였다. 머리는 양옆을 바싹 잘랐고 번갯불 위에 H가 커다랗게 면도되어 있었다.

체육관은 겉보기에 작아 보였지만, 실내는 넓었다. 공중에 땀 냄새가 맴돌았다. 권투 선수들은 혼자서 운동을 하거나 작은 무리를 이루어 운동하고 있었다. 상대와 싸우는 것처럼 권투 연습을 하거나, 샌드백을 치고 있거나, 줄넘기를 하거나 엎드려서 팔굽혀펴기를 하는 이들도 있었다.

프랭크가 탈의실로 들어가자, 크랩과 지미는 링 앞의 나무 의자 위에 앉았다. 작은 남자가 그들에게 다가왔다. 그는 진짜 새까맸고 머리카락은 새하얬다.

"뭘 찾으세요?"

"우린 프랭크와 함께 왔습니다. 그 애가 운동하는 걸 볼 겁니다."

크랩이 대답했다.

"아, 얘도 어린 선수인가요?"

그 남자가 지미를 쳐다보며 물었다.

지미가 머리를 흔들었다.

"정곡을 찔렀니, 그래?"

나이 든 남자가 물었다.

지미가 어깨를 으쓱했다.

"어쩌면 내년에는요."

크랩이 대답했다.

지미는 크랩을 쳐다보지 않았다.

프랭크가 나와서 한동안 상대방을 겨냥한 듯 앞을 향해 팔을 휘둘렀다. 많이 거칠어 보이지는 않았다. 곧이어 프랭크는 작은 샌드백으로 가서 치기 시작했다. 약 2분 동안 샌드백을 쳐 댔다.

"저건 근육을 조화롭게 하기 위해서야."

크랩이 말했다.

"권투에 대해 많이 아세요?"

지미가 물었다.

"감빵에서는 많은 이들이 권투를 했어."

"감빵이요?"

"감옥 말이다."

"아."

지미는 검고 흰 줄무늬 죄수복을 입고 글러브를 낀 수감자들이 서로 권투를 하는 모습을 떠올렸다.

크랩과 지미에게 말을 걸었던 나이 든 남자가 프랭크에게 다가가서 크랩과 지미를 돌아다보았다. 지미는 그가 어떤 말을 하는지 궁금했다. 프랭크가 고개를 끄덕이고 링 안으로 돌아갔다. 그남자가 다른 소년을 부르며 링을 가리켰다. 그 애가 프랭크와 함께 링에 들어갔다. 그들이 권투를 할 거다.

또 다른 두 선수가 다가와서 지미와 크랩 가까이에 앉았다. 나이 든 남자가 호루라기를 불자, 두 선수가 링 한가운데로 갔다. 상대 선수인 소년은 프랭크보다 몸집이 더 컸다. 그가 프랭크 주위를 휘 돌며, 양손을 쑥 내밀어 프랭크를 뒤로 물러나게 만들었다. 프랭크는 잽싸게 양옆으로 움직이기 시작했다. 마치 어떻게 행동해야 하는지 아는 듯이 보였다. 그러고 나서 주먹을 휘두르기 시작했다. 그는 제멋대로 휘둘렀지만, 강한 타격을 주고 있었다. 프랭크가 소년의 어깨 가까이 다가가서 주먹을 날리자, 소년이 뒤로 물러나기 시작했다.

"좌우로! 좌우로! 뒤로 물러나지 마! 양손은 계속 들고!"

나이 든 남자가 소리쳤다.

프랭크가 또다시 소년을 쫓아갔다. 이번엔 소년은 뒷걸음치지 않았다. 소년이 양팔을 올려 커버하자 프랭크가 그 애에게 팔을 휘둘렀다.

"그냥 서 있지 마! 맞서 싸워야지! 양손은 계속 올리고!"

나이 든 남자가 소리쳤다.

소년이 팔을 들어 프랭크에게 휘둘렀다. 프랭크가 소년의 턱을 쳤다. 소년이 쓰러졌다. 나이 든 남자가 머리를 흔들었다.

"쟨 쓰러질 방법을 찾고 있다니까. 대체 체육관에 왜 오는지 모르겠어."

"저런 사내 녀석들이 있단다. 그저 싸움에서 도망칠 구실만 찾는. 그런 애들은 싸움에서 져. 져도 신경도 안 쓰지. 싸운 게 아니고, 싸울 마음도 없으니까. 무슨 말인지 아니?"

크랩이 나지막이 지미에게 말했다.

지미는 무슨 말인지 안다고 말하고 싶었지만 아무 말도 나오지 않았다. 그저 고개만 끄덕였다.

링 안의 소년이 일어나서 머리를 흔들자, 나이 든 남자가 그 애에게 소리쳤다. 그곳에서 머리를 흔드는 것 말고는 아무것도 안한다고 소리쳤다. 곧이어 그들은 경기를 계속했다. 프랭크가 계속해서 그 소년을 아주 심하게 때렸다. 지미는 소년이 싸우고 싶지 않으면서 왜 그 안에 있는 것인지 궁금했다.

　그들이 2라운드를 마치자, 나이 든 남자가 호루라기를 불고 경기가 끝났다고 말했다. 그러고는 이내 다른 두 남자를 불러 링 안으로 들어가라고 일렀다.

　"넌 여기 더 있을 거지? 난 시내에 가서, 사람을 만나야 해."

　크랩이 말했다.

　"같이 갈게요."

　지미가 말했다.

　"그래, 좋아. 우리가 갈 거라고 프랭크에게 말하마."

　크랩이 프랭크에게 걸어갔다. 그러고는 그에게 바싹 붙어서 뭐라고 말했다. 프랭크가 머리를 끄덕였다. 곧이어 그가 지미에게 주먹을 흔들어서 지미도 손을 흔들어 주었다.

　지미는 밖으로 나오면서 프랭크에게 팔을 두르고 있던 크랩의 모습에 대해 생각해 보았다. 둘이 무엇인가 알고 있다는 듯 행동했는데, 마치 친구나 그 비슷한 사이 같았다. 둘이서 반 블록쯤 걸어왔을 때 크랩은 걸음을 멈추었다.

　"마비스가 언제 집에 오는지 프랭크에게 묻는 걸 잊었다. 난 전화를 걸어야 해. 돌아가서 프랭크에게 마비스가 언제 오는지 물어봐."

　크랩이 말했다.

　크랩이 전화기로 걸어가자, 지미는 도로 체육관으로 걸어갔다. 지미는 안에 들어가 주위를 둘러보며 프랭크를 찾았다. 두툼한 샌드백을 치는 프랭크를 발견하고 그에게 걸어갔다. 프랭크가 입고 있는 헐렁한 회색 팬츠 엉덩이 부분이 땀으로 거무스름했다. 지미가 다가오는 걸 보고, 프랭크는 샌드백에 더 가까이 다가갔다. 그는 머리로 그것을 밀며 양 무릎을 살짝 굽히고 힘을 실어 주먹을 날렸다.

지미는 자기가 다가가고 있다는 걸 프랭크가 알고 있다고 생각하며 그에게서 멀리 떨어져 멈춰 섰다. 프랭크가 투덜거리며 주먹을 날리자 그의 눈썹에서 땀이 튀었다. 프랭크는 계속해서 세게 샌드백을 쳤는데, 이따금 머리와 어깨로 그것을 밀어서, 치기 좋은 곳에서 흔들리게 했다.

프랭크가 갑절로 샌드백을 두드리며, 몸을 더 세게 흔들었고, 지미 쪽으로 샌드백을 치려고 애썼다. 지미는 샌드백이 닿지 않는 곳에 자리를 잡았다. 마침내 프랭크가 샌드백 치기를 멈추고, 거칠게 숨을 몰아쉬며 지미를 바라다보았다.

"크랩이 마비스 아줌마가 언제 집에 오시는지 알고 싶대."

지미가 말했다.

"왜?"

프랭크가 물었다. 그는 두 번 더 샌드백을 치고는, 갑자기 세게 쳐서 그것이 빙그르르 돌게 만들었다.

"그냥 너한테 물어보고 오라고 했어."

지미가 대답했다.

"너 어디서 왔니?"

"뉴욕."

"뉴욕? 넌 네가 불량하다고 생각하지, 어?"

"내가 불량하다고 말한 적 없어."

지미가 대답했다.

프랭크가 두어 번 샌드백을 쳤다.

"넌 풋내기처럼 보여. 나한테 넌 풋내기 같아."

프랭크가 말했다.

"그래서 마비스 아줌마가 언제 오는지 모른다는 거야?"

지미가 물었다.

"너 풋내기 같다니까."

프랭크가 말했다.

지미가 몸을 돌려 멀리 걸어가기 시작했다. 프랭크가 지미를 쫓아왔다. 지미는 프랭크가 따라오는 걸 느낄 수 있었다. 프랭크가 지미의 팔을 잡고 홱 돌렸다.

"야, 가라고 말하지 않았잖아. 전에 어떤 놈을 세게 쳐서 턱을 깨지게 한 적이 있어. 내가 너 같은 사람을 어떻게 할지 알지?"

지미는 대꾸하지 않았다. 프랭크의 눈을 빤히 쳐다보았다. 그게 바로 뉴욕 방식이라고 생각했다. 아무리 두렵더라도, 겁을 준 사람의 눈을 뚫어져라 쳐다보는 거.

프랭크가 몸을 돌려 걸어가 버렸다.

"10시에 집에 온다고 말해."

프랭크가 고개만 돌려 말했다.

지미는 돌아서지 않았다. 프랭크가 화난 이유를 몰랐다. 지미는 자신이 프랭크를 좋아하지 않았다는 걸 알고 있었다. 지미가 밖으로 나가자 크랩이 여전히 전화를 하고 있었다. 지미는 느릿

느릿 전화박스로 걸어가며, 여느 때처럼 냉정함을 되찾았다. 지미가 막 전화박스에 갔을 때 크랩이 나왔다.

"뭐라고 했니?"

크랩이 물었다.

"10시에 집에 돌아오실 거래요."

"그만 가자. 난 시내에 가 봐야겠다. 친구가 일을 주었어. 우리가 머무는 하숙집 주소를 알려 줄게. 거기 가서 날 기다려, 알았지?"

"일하는 데 따라가도 상관없어요."

지미가 말했다.

"하숙집에 가."

크랩이 날카로운 목소리로 말했다.

"알았어요, 그렇게요."

"가는 방법을 말해 주면 거기 갈 수 있겠지?"

크랩이 물었다. 목소리에 날카로움이 사라졌다.

"그럴 거예요. 거기까지 택시를 타고 가면요. 그렇죠?"

"택시는 못 타. 택시 값이 없어. 버스를 타. 운전사에게 카힐 거리에서 내릴 거라고 말해. 알았지?"

"예."

크랩이 주머니를 뒤지더니 5달러가 나오자 그것을 지미에게 주었다.

"난 일하러 가야 해. 돈을 모아야지."

"어떤 일을 구했어요?"

"트럼펫이나 뭐 그런 악기를 연주하게 될 거야."

크랩이 대답했다.

크랩이 지미에게 동전으로 2달러를 더 주고 지미가 타고 갈 버스 정류장을 가리켰다. 그러고는 그곳으로 가는 지미를 지켜보았다. 지미가 좀 전에 함께 있었던 곳을 향해 돌아보자, 크랩은 여전히 같은 자리에 서 있었다. 지미는 울고 있었다. 종이컵을 든 어떤 남자가 지미에게 다가와서 '기부'를 할 건지 물었다. 그 남자가 쇼핑백을 들고 있는 중년의 여자에게 걸어가자 지미는 눈길을 돌려 버렸다.

눈물이 얼굴을 타고 흘러내리자, 지미는 크랩을 만난 뒤 처음으로 화가 났다. 버스 정류장에 서서 거리를 내려가는 크랩을 노려보았다.

크랩은 지미에게서 점점 멀리 걸어가다가, 다가오는 버스를 보자 뻣뻣한 다리로 달리기 시작했다. 버스에 맞춰 늦지 않게 정류장에 닿은 크랩이 먼저 떠났다. 지미는 그레이하운드 고속버스(미국 대륙을 횡단하는 장거리 운행 버스: 옮긴이) 정류장을 찾아볼까 했다. 뉴욕으로 돌아갈 수 있을까 생각해 보았다.

버스가 와서 지미는 올라탔다.

"카힐 거리에서 내릴 거예요."

지미가 말했다.

버스 운전사는 지미의 말을 무시했다.

임시 하숙집으로 돌아오는 길에 지미는 일자리에 대해 물었을 때 크랩의 목소리가 어떻게 들렸는지 생각해 보았다.

"트럼펫이나 뭐 그런 악기를 연주하게 될 거야."

그가 이렇게 말했었다.

크랩은 학교에서 멋져 보이려는 아이, 혹은 어쩌면 프랭크처럼 강해 보이려는 아이처럼 말했다. 크랩이 보통 사람처럼 괜찮아 보일 때도 있었다. 그가 보통 사람처럼 행동할 때, 지미는 그와 함께 있는 건 어떨까 생각해 보았다. 둘이서 차를 타고 이야기를 나누고 사진을 보는 모습이 떠올랐다. 지미는 크랩에게 할머니에 대해 묻지도 않았다. 아직 물어보지 못했다.

지미는 알고 싶은 일들이 더 있었다. 크랩이 교도소에서 어떤 생각들을 하며 지냈는지도 알고 싶었다. 모든 일은 복도에서 그의 첫 마디를 들었던 바로 그때 시작되었다. 그 순간 지미는 호기심을 느꼈지만 두렵기도 했었다. 지금은 기억들에 생각들이 더해서 어두운 그림자처럼 지미를 채우고 있었다. 그것이 지미를 우울하고 두렵게 하며, 궁금하게도 기쁘게도 했다. 아버지가 어딘가, 어떤 곳에서 툭 튀어나왔다. 어머니가 살았었던 때, 지미가 아기였거나 아직 태어나지 않았던 때인 다른 시간에서도 아버지는 불쑥불쑥 튀어나왔다. 그때는 그의 삶에서 잘못된 일이 전혀 없는 완벽한 시간이었다. 그가 그걸 깨닫지 못할 뿐이었다.

"야, 너. 금줄 안 살래? 이거 24케이 순금이야!"

검은 손이 지미 앞에 줄 하나를 내밀었다.

"아니요."

지미가 대답했다.

"금목걸이를 안 찬다고?"

지미가 눈 말고는 어려 보이는 남자의 얼굴을 빤히 올려다보았다. 나이 들어 보이는 눈이어서, 지미는 그가 마약 중독자일지도 모른다고 여겼다.

"안 사요."

지미가 다시 말했다.

그 남자가 지미를 쳐다보고는 머리를 흔들었다.

"널 탓하지 않아. 이건 진짜가 아니니까. 24케이 순금 말이지. 그건 현실 세계에서 거의 의미가 없어. 내 말이 무슨 말인지 알지?"

남자가 쉰 목소리로 속삭였다.

"알아요."

지미의 마음이 다시 크랩에게로 흘러갔다. 마비스가 했던 말이 생각났다. 그와 크랩이 닮았다고 했던 말. 지미는 크랩과 닮지 않았다고 여겼는데, 마비스는 닮았다고 했다. 하지만 많은 사람들이 지미와 마마 진이 많이 닮았다고 말하기 때문에 그 말은 큰 의미가 없었다. 그린 수녀는 언제나 "저 애가 진의 아들이라는 걸 확실히 알겠어요. 진을 얼마나 좋아하는지 봐요."라고 말하곤 했다.

마마 진은 수녀의 말에 전혀 대꾸하지 않았다. 그저 그녀가 원하는 대로 생각하도록 내버려 두었다.

지미의 마음에 다른 일이 떠올랐다. 생각하고 싶지 않았는데 아무튼 생각났다. 크랩이 그를 좋아하는지 알고 싶었다. 지미의 마음속 깊은 곳에 숨어 있는, 그 생각이 여전히 지미를 당황스럽게도 하고 미소를 짓게도 만들었다.

"사람들이 금목걸이를 차는 이유를 아니?"

지미 옆에 앉은 남자가 다시 물었다.

"왜 차는데요?"

지미가 물었다.

"허세를 부리려는 거야."

남자가 말했다. 그는 잠깐 눈을 피했다가 곧 지미를 다시 쳐다보았다.

"난 너무 엉망이라서. 허세가 내겐 전혀 도움이 안 돼."

지미가 어깨를 으쓱였다.

"난 농구 같은 걸 하곤 했다."

남자가 그곳에서 농구를 했다는 듯이 엄지손가락으로 버스 뒤쪽을 가리키며 말했다.

"그런데 그게 떠났어."

"뭐가 떠났어요?"

남자가 손을 내저었고, 어깨를 으쓱이며, 그의 생각을 떨쳐 버렸다.

버스가 큰 거리를 지나 갑자기 흔들리더니, 절대로 서로 쳐다보지 않는 승객들을 태웠다. 지미에게 말을 걸었던 남자가 갑자기 일어서더니 손잡이로 손을 뻗으며 운전사에게 버스를 세우라는 신호를 보냈다.

"내릴 곳을 잊을 뻔했네."

남자가 웃으며 말했다. 그가 일어섰을 때 지미는 처음 생각보다 남자가 훨씬 더 어리다는 걸 알았다.

"진정해."

지미는 문밖을 내다보며 버스에서 내리는 남자를 쳐다보았다. 어두운 차창을 통해 남자의 머리가 인도를 향해 끄덕이는 모습이 보이더니, 곧이어 트럭 뒤로 남자가 사라졌다.

지미는 다시 크랩에 대해 생각하기 시작했다. 크랩은 지미에게 편지를 쓰고 지미를 사랑한다는 말을 하고 싶었다고 했다. 지미를 좋아하지 않는 듯 행동할 때 그런 말을 하다니 우스웠다. 크랩의 태도가 너무도 많이 달라서 그를 이해하기가 힘들었다. 그는 마마 진과 있을 때, 마비스와 있을 때, 그리고 프랭크와 있을 때 각각 달랐다. 프랭크는 좋아하는 듯했다. 아마도 지미가 지녀야만 하는 것, 강인함과 손재주 때문이라는 생각이 들었다. 크랩은 교도소에서 권투를 했었다고 말했다.

"카힐 거리다!"

버스 운전사가 큰 소리로 외쳤다.

지미는 운전사에게 고맙다는 인사를 하고 버스에서 내렸다. 하지만 그곳은 카힐 거리가 아니었다. 날은 벌써 어두웠고 지미에게 익숙한 것이 하나도 안 보였다. 어떤 여자에게 카힐 거리가 어디인지 묻자 넓은 거리를 가리켰다.

"두 블록 아래야. 저기로 걸어가면 나올 거야."

지미는 카힐 거리를 발견하고 하숙집으로 돌아와 열쇠를 찾아보았다. 열쇠에 '3B'라고 찍혀 있었다.

방은 작고 더러웠다. 한쪽에 서랍장이 하나 있고 두 개의 싱글 침대가 떨어져 있었다. 다른 쪽에는 싱크대와 조그만 냉장고가 있었다. 싱크대 위의 가스레인지 옆에 포크가 두 개 있었다. 욕실을 찾아보니 구석에 있었다. 욕실에는 양철 샤워기와 시트가 부서진 변기가 있었다. 두루마리 화장지는 변기 옆 바닥에 놓여 있었다.

　복도에 공중전화가 있어서 마마 진 생각이 났다.

7

지미는 비좁은 침대에 눕자 이런저런 생각할 일들이 떠올랐다. 집에서 얼마나 멀리 떨어져 있는지 궁금했다. 차를 타고 시카고까지 왔다. 버스로 뉴욕까지 돌아가는 데 시간이 얼마나 오래 걸릴지 몰랐다. 배가 고팠지만 문제가 아니었다. 뉴욕에 돌아가면 먹을 수 있을 거다. 가스레인지에는 무엇이든 먹을 게 놓여 있을 테고, 없다면 마마 진이 밖으로 나가서 먹을 걸 가져올 거다. 너무 늦어서 아무것도 살 수 없어도, 슈퍼가 문을 닫았고 모퉁이 식료품점이 문을 열지 않았어도, 마마 진은 먹을 걸 찾아내고 말 거다. 마마 진은 늘 그랬다. 지미에게 필요한 건 무엇이든 마마 진에게 전부 있었다. 그녀는 친구이자 동료이고, 어머니이자 아버지였다.

지미는 작은 테이블 앞의 접이식 의자에 앉아서 이런저런 일들을 떠올렸다. 크랩에게 함께 가지 않겠다고 말할 수도 있었다. 그러면 마마 진이 지미 편을 들어주었을 거다. 지미를 쳐다보는 마마 진의 시선이, 그녀의 눈 속에 어리던 아픔이, 지미가 말해주길 바라는 무언가를 품고 있었다는 걸 알고 있었다. 지미도 말하고 싶었던 거였다. 아니면 적어도 지미의 일부는 그렇게 말하고 싶었다.

방은 더러웠다.

"세상에 먼지 구덩이에서 살 이유는 없어. 하느님의 세상에선 절대 안 돼."

마마 진이라면 손에 비누 거품이 이는 뜨거운 물 한 양동이를 들고서 이렇게 말했을 거다.

지미는 악기를 연주하는 크랩의 모습을 떠올렸다. 며칠 전만해도 크랩은 교도소에 있었는데, 지금은 시카고에서 악기를 연주하고 있다. 어느새 그가 권투를 하는 프랭크를 보고 있고, 마비스에게 말을 걸고 있었다. 지미는 세상의 일이 그런 식으로 굴러가는지 궁금했다. 세상에는 누구든 자신이 한 일이 있고 언제나 누구든지 해야만 하는 일이 있었다.

"네 아버지."

지미가 처음 보고 그가 누구인지 물었을 때 크랩이 그렇게 대답했었다.

어쩌면 크랩이 해야만 하는 일 가운데 하나가 지미의 아버지가 되는 일이었을지 모른다는 생각이 들었다.

지미는 늘 아버지보다 어머니에 대해 더 많이 생각했다. 어머니가 했어야 될 일들을 생각하는 건 쉬웠다. 어렸을 때, 마마 진이 성 요셉 성당에 지미를 데려가고 수녀들이 천사에 대해 가르쳐 줄 때, 지미는 어머니를 천사로 여겼다. 지미의 마음속에 어머니는 부드러운 검은 눈의 조그만 여자였고, 천사가 지미를 쳐다보면 지미의 가슴은 그녀에 대한 벅찬 감정으로 충만해졌다. 어머니는 얼굴도 하트 모양으로 작았으며, 웃을 때는 새하얀 앞니만 두 개가 보였다. 이어서 마마 진이 말해 주었던, 공원에서 얼음지치기를 하거나 합창대에서 노래하는 어머니의 모습이 떠올랐다. 그것들은 좋은 추억이었다.

하지만 가끔은, 아침 일찍 일어났을 때나, 집에서 멀리 떨어진 거리를 건너려고 기다리고 있을 때면, 이따금 감옥에 있다는 그 남자가 궁금해질 때가 있었다.

지미는 그와 친구가 되고 싶거나 그 비슷한 것이 되고 싶지 않았다. 보고 싶은 건 그냥 살아있는 그의 모습뿐이었다. 그가 움직이는 모습과 그들이 거리에서 만났을 때 어떻게 손을 흔드는지 보고 싶었다. 지미는 마마 진의 방에서 사진을 보곤 했다.

"그 사진 갖고 싶니?"

예전에 마마 진이 사진을 보고 있는 지미를 발견하고 이렇게 물었다.

"아니."

지미는 마마 진의 마음을 상하게 하고 싶지 않아서 이렇게 대답했다.

그런데 지미가 다음 날 학교에서 집에 돌아왔을 때 침대 위에 그 사진이 놓여 있었다. 지미는 한마디도 안 하고, 그것을 도로 그녀의 방으로 가져가서 아무렇게나 서랍장 위에 던져 놓았다.

어떻게 자신을 마마 진에게 맡길 수 있었는지 지미는 이해할 수 없었다.

지미는 배가 고팠다. 열쇠를 찾아서 나갈 준비를 하다가, 양말 안의 50달러가 생각났다. 지미는 돈을 꺼내 속옷으로 싸서 옷장 뒤쪽에 깊숙이 넣어 두었다.

거리는 따뜻했다. 현관 계단에 사람들이 앉아 있었다. 작은 여자애가 몸을 뒤로 젖히고 가늘게 뜬 눈으로 지미를 쳐다보았다.

"너 크리스 동생이니?"

여자애가 물었다.

"아니."

지미가 대답했다.

"쟤가 크리스 동생이 아닌 거 알잖아."

누군가가 말했다.

지미는 일층 창문에 여자가 앉아 있는 줄 몰랐었다. 지미가 시선을 돌렸을 때 여자는 탄산음료를 마시고 있었다. 바로 그들에게 방 열쇠를 주었던 여자였다.

지미가 고개를 끄덕여 인사했다. 그러자, 그녀는 음료수를 들어 답했다.

지미는 거리를 걸어갔다. 모퉁이에 술집이 있었고 그곳을 지나자마자 작은 식료품 가게가 있었다. 안으로 들어가자 무릎에 야구방망이를 걸쳐 놓은 채 앉아 있는 한 남자가 보였다. 머리를 뒤로 묶은 마른 여자가 카운터 뒤에 서서 신문을 읽고 있었다.

선반에 물건이 많이 없어서, 지미는 커다란 바비큐 맛 감자 칩 봉지 하나와 생강 맛 탄산음료 캔을 집어 들었다.

"1달러 79센트다."

야구 방망이 남자가 말했다.

지미가 남자에게 2달러를 건넸다.

"그건 여자에게 줘. 카운터 뒤에 있는 여자."

남자가 퉁명스럽게 말했다.

지미가 2달러를 주자 여자가 금전 등록기에서 10센트 동전 두 개와 1센트 동전을 꺼내 카운터 앞으로 내밀었다.

"봉투 필요하니, 애야?"

"예."

여자가 웃으면서 감자 칩과 음료수를 봉투에 넣어 지미에게 주었다. 지미는 그녀에게 웃어 주었다. 이어서 야구 방망이 남자를 쳐다보았다.

"내 여자에게 웃지 마라, 애야."

남자가 말했다.

지미는 밖으로 걸어 나오면서 미소를 지었다.

시카고 사람들은 매우 우호적이었고, 어쩌면 뉴욕 사람들보다 더 우호적일지 몰랐다. 지미는 거리를 걸어갔다. 거리는 뉴욕보다 더 어두컴컴했다. 네 블록, 아니 다섯 블록쯤 아래에 가로등이 더 많이 보였지만, 지미는 그렇게 멀리까지 가 보고 싶지는 않았다. 지미가 혼자서 시카고 거리를 어슬렁거리고 있다는 걸 알면 마마 진이 울화통을 터트릴 거다. 지미는 서둘러 발길을 돌려 하숙집으로 돌아갔다.

예전에, 에디 그라임즈의 아버지가 학교에 와서 반 아이들 앞에서 에디를 때렸을 때, 지미는 아버지가 학교에 와서 자신을 때린다면 기분이 어떨까 생각해 본 적이 있었다.

"야, 대단한데."

찰스 킹이 구내식당에서 말했다.

에디가 가출하고 싶었다고 말했지만, 그 말을 믿는 사람은 없었다.

지미는 머릿속으로 상상할 수 있는 모든 장면을 떠올렸다. 하지스 선생이 숙제와 다른 것들을 안 했다고 했을 때, 아버지가 진짜 화가 나서 학교에 쫓아왔다. 그러고는 지미에게 팔을 휘둘러 얼굴을 때렸다. 지미가 쓰러졌는데도 아버지가 지미에게 고함치고 있었다. 하지스 선생은 만족스런 표정을 짓고 있었고 그때 아버지의 얼굴 표정을 제외하고 모든 것이 변했다. 그가 기묘하게 지미를 쳐다보고 있었다.

그 장면에서 지미가 얼굴을 만졌다가 피가 나는 걸 알았다. 지미는 곧장 뒷걸음치다가, 슬퍼하는 아버지의 얼굴을 보았다. 하지만 아버지 때문에 지미는 피를 흘리고 있었고, 후회하기엔 너무 늦은 뒤였다.

"야, 네가 지미 리틀이냐?"

여자의 목소리가 걸음을 멈추게 하지 않았다면 지미는 집을 지나쳤을 거다.

"예."

"네게 전화가 왔어. 전화를 걸어 봐."

여자가 말했다.

"전화를 걸라고요?"

지미가 물었다.

"그래, 여기 있어."

여자가 지미에게 봉투 하나를 건넸다. 지미는 건물의 정문 옆 희미한 안전등 불빛에 그것을 비추어 보았다.

마마 진의 전화번호가 아니었다. 전혀 모르는 번호였다. 크랩 에게서 온 전화일 거다. 큰 숫자로 쓴 번호가 삐뚤빼뚤 휘갈겨 적 혀 있었다. 지미는 주머니에 봉투를 넣고 건물 안으로 걸어갔다.

"전화할 거니? 전화는 여기 있어."

지미가 사무실을 지나가는데 여자가 물었다.

여자는 어떤 전화인지 알고 싶어 했다. 지미는 고개를 끄덕이 고 사무실로 들어갔다. 잠시 후 여자가 문을 열자 지미는 안으로 들어갔다.

"먼저 9를 돌려."

여자가 말했다.

학교 전화 같았다. 지미는 9를 돌리고 나서 봉투에 있는 전화 번호를 돌렸다.

어떤 의미에서 전화가 지미를 두렵게 했다. 지미는 크랩이 전 화를 건 까닭을 몰랐다. 아마도 돌아오지 못한다거나 그런 전화 일 거다.

"여보세요?"

전화기에서 음악 소리가 들렸다.

"예?"

"이 번호로 전화하라고 했어요."

"누가 이 번호를 주었니? 넌 누구니?"

귀에 거슬리는 목소리가 물었다.

"전…… 거기 크랩 있어요?"

"어…… 잠깐 기다려라."

전화기에서 무언가를 치는 소리가 들렸다. 여전히 전화기에서 음악 소리가 나서, 지미는 그곳이 술집이라고 여겼다. 크랩이 술을 많이 마시지 않았길 바랐다. 지미는 술을 많이 마셨거나 마약을 한 사람들이 두려웠다. 그들은 실재하지 않는 사람 같았다.

사무실에서 일하는 여자는 잡지를 훑어보고 있었다. 그녀가 지미를 빤히 쳐다보고는 시계를 올려다보았다.

"지금 그를 데려올 거다."

남자가 말했다.

"너무 오래 전화를 붙들고 있어선 안 돼."

여자가 말했다.

"아줌마 이름이 뭐예요?"

"도린. 그 남자가 네 아버지니?"

"예."

"어머닌 어디 있어?"

"돌아가셨어요."

　도린이 지미를 쳐다보며 어깨를 으쓱이고는, 도로 잡지로 눈길을 돌렸는데 분명히 흡족해하는 표정이었다.

　"여보세요?"

　수화기 맞은편의 목소리는 젊은 듯했다.

　"여보세요."

　지미가 대답했다.

　"지미니?"

　"예."

　"난 빌리 데이비스란다. 여기 버논에서 색소폰을 연주하지. 얘야, 네 아버지가 아프셔. 여기 와서 아버지를 데려가야겠다."

　"버논이 어디 있어요?"

　"루프(시카고 시의 중심 상업 지구: 옮긴이)에서 조금 내려와 에밋 거리에 있어."

　"루프가 어디예요?"

　"거기가 어딘지 내가 알아봐 주길 바라는 거니?"

　도린이 지미를 올려다보았다.

　지미는 그녀에게 수화기를 건넸다.

　도린이 주소를 듣고 전화를 끊었다. 그러고는 택시를 타야 한다며 지미에게 돈이 있다면 택시를 불러 주겠다고 말했다.

　"위층에 있어요. 가지러 갔다 올게요."

　지미가 대답했다.

　"그 감자 칩 다 먹었니?"

　그녀가 물었다.

지미는 감자 칩과 탄산음료를 그녀에게 건네주고 위층으로 올라갔다.

버논까지는 택시로 딱 10분 걸렸고 요금은 4달러 5센트가 나왔다. 지미는 운전사에게 4달러 50센트를 주었다.

문 앞에 있는 검은 피부의 남자가 큰 손을 지미의 가슴에 댔다. 지미가 어떤 일이 일어났는지 설명하기 시작하자, 남자가 손을 움직여 어떤 곳을 가리켰다. 색소폰 소리가 실내를 가득 채우며, 바 카운터의 유리로 만든 역방향 피라미드로 거슬러 가서는, 판매대에 비스듬히 놓인 늘씬한 몸체들을 따라 미끄러지듯 움직였다. 지미가 누군가와 부딪쳤는데 그 남자는 지미를 완전히 무시했다. 처음에는 제대로 보이지 않았다. 더 자세히 보려고 했는데 도움이 되지 않았다. 사람들이 그곳을 빽빽이 채우고 있었다.

지미는 빛이 희미한 술집을 걸어서 끝까지 갔다. 주위를 둘러보았는데 크랩도 가야 할 곳도 보이지 않았다.

그때 빛이 보였고, 잠깐 동안 직사각형 빛에 둘러싸인 그림자가 나타났다. 문이 닫히고 목에 색소폰을 두른 남자가 나타나서 담배에 불을 붙였다.

"아저씨가 빌리 데이비스예요?"

지미가 물었다.

남자가 오므린 손 너머로 지미를 쳐다보았다. 그러더니 문을 가리켰다.

지미가 노크를 하고 문을 열었다. 안으로 들어갔을 때 가장 처음 보인 건 침대에 누워 있는 크랩이었다.

"크랩과 함께 있는 게 너니?"

뚱뚱한 남자가 물었다.

지미가 고개를 끄덕였다. 크랩이 팔을 저으며 일어나 앉아서는, 누워 있던 침대 옆 안락의자에 양 다리를 걸쳤다.

"지금은 괜찮아."

크랩이 말했다.

크랩은 일어섰다가 거의 쓰러질 뻔했다. 뚱뚱한 남자가 크랩의 팔꿈치를 잡았다. 크랩이 돌아서서 얼굴을 찌푸리자 그 남자가 손을 치웠다. 잠깐 동안 두 사람이 서로를 노려보았다. 뚱뚱한 남자의 표정은 차분했다. 크랩의 표정은 몹시 날카로웠다. 곧이어 크랩이 외면하고 문 쪽으로 가기 시작했다.

"택시 타러 가자."

크랩이 말했다.

"괜찮아요?"

"그래."

사람들이 순식간에 길을 내주자, 크랩이 걸음을 멈추고 피아노 가까이에 서 있는 날카로운 손도끼 모양처럼 보이는 빌리 데이비스를 쳐다보았다.

"내 평생 처음 들어 본 최고 연주구나."

크랩은 공손하게 나지막이 말했다.

색소폰이 쏟아 낸 소리들이 땀에 젖은 군중 위로 허둥지둥 가로질러 갔다. 소리는 화를 내며 멋대로 튀어나와 짧은 순간의 분노를 거두었다. 곧이어 빌리 데이비스가 그 소리를 잡아서, 양옆으로 굴리다가, 그만이 아는 아주 특별한 순서로 한 바퀴 돌리고 있는 것처럼 색소폰을 흔드는 듯했다. 소리는 어둠을 밝힐 만큼 아주 거세고 달콤하며 선명했다.

"저 아저씨 정말 대단해요, 그렇죠?"

지미가 물었다.

"그래."

크랩이 다시 문으로 향했다. 그들은 이리저리 부딪치며 앞문으로 가서 시원한 밤공기 속으로 나왔다.

비가 내리고 있었다. 크랩이 갓길 끝에 서서 눈에 띄는 맨 앞에 있는 두 대의 택시를 향해 손을 흔들어 댔다. 택시가 다가와서 멈추었다가 그들이 흑인인 걸 보자 곧바로 속력을 내 가 버렸다. 노인이 모는 세 번째 택시가 멈추었다.

"이렇게 비가 오는 밤에는 택시를 잡기 힘들 거요."

백인 노인이 말했다. 그는 초조하게 어깨 너머를 힐끔거렸다.

"맞아요."

지미가 대꾸했다.

"설마 내 택시에서 아픈 건 아니겠지, 애야?"

크랩이 앞으로 몸을 숙여 머리를 무릎 사이에 넣었다. 지미가 팔로 그의 어깨를 감싸려다가 멈추었다.

두 개의 층계를 오르는 데 오래 걸렸다. 지미는 소리를 의식했다. 크랩의 발이 주석으로 된 층계 가장자리를 밟는 소리, 한 걸음 한 걸음 몸을 당길 때마다 나무 난간이 신음하는 소리와 크랩이 내쉬는 거친 숨소리였다. 지미는 크랩에게 괜찮은지 묻지 말자고 혼잣말을 했다. 그가 상태가 좋지 않다는 걸 알고 있었다.

"괜찮아요?"

"손 좀 줘 봐. 아니, 네 어깨에 내 손 좀 올려놓을게."

크랩이 말했다.

지미가 크랩 옆에 바싹 서자 뺨에 와 닿는 그의 숨결이 느껴졌다. 크랩의 숨결에 살짝 술 냄새가 묻어났다. 썩 나쁘지 않았고, 크랩이 만취한 것도 아니었다.

"물 좀 드려요?"

지미가 물었다.

"그래."

지미는 선반에서 유리잔을 찾아 거기에 물을 가득 따랐다. 그것을 크랩에게 가져가다가 물이 좀 미지근하다는 걸 깨달았다. 냉장고 문을 열어 얼음이 있는지 살펴보았다. 텅 빈 얼음 쟁반이 꼭대기 칸에 있었다. 지미는 물을 갖다 주고 그가 잔을 느릿느릿 입으로 가져가 천천히 마시는 모습을 지켜보았다.

"왜 그래요?"

지미가 물었다.

"등이 찢어질 것 같아! 더 나빠지고 있어."

크랩이 대답했다.

"의사를 불러올까요?"

"아니, 그리 좋은 생각이 아니야. 좀 쉬면 괜찮아질 거다."

크랩이 말했다.

맞은편 침대에 앉아서 지미는 어떻게 해야 할지 생각했다. 크랩에게 눈길을 돌렸더니, 그가 다리를 펴려고 애쓰다가 곧바로 움츠리고 있었다. 그가 다리를 끌어올리면서 느릿느릿 숨을 들이 켰다.

"물 더 드려요?"

대답이 없었다. 지미는 도로 침대에 앉았다. 신발을 벗고 발을 올려놓았다.

크랩이 힘겹게 다시 다리를 펴고 좀 더 멀리 뻗었다가 멈추었 다. 그의 호흡이 더 부드러워진 듯했다.

"몸을 뻗으면 한결 더 나아."

크랩이 말했다.

"쫙 뻗지 못하면 어때요?"

"항상 아픈 건 아니야."

크랩이 대답했다. 그의 눈이 감겨 있었다.

"가끔 너무 피곤하면 통증이 다시 시작된단다."

"그래서 감옥에 있을 때 병원에 간 거예요?"

"대충 그런 이유도 있고. 잠 좀 자는 게 어떠니?"

크랩이 말했다.

지미는 바지와 셔츠를 벗고 침대에 누웠다. 침대 발치에 얇은 시트가 있어서 그것을 끌어당겨 덮었다.

"안녕히 주무세요."

지미가 말하자 크랩이 대꾸했다.

"불 좀 꺼."

어둠 속에서 지미는 크랩의 숨소리에 귀를 기울였다. 그는 한 번 짧게 숨을 쉰 뒤에, 살짝 더 길게 숨을 내쉬곤 했다. 그러고 나서 크랩이 또다시 숨을 쉴 때까지 잠깐 동안 침묵이 흘렀다.

지미는 재빨리 기도했다. 크랩이 괜찮아지길 바랐다. 그가 죽는다는 건 생각도 하고 싶지 않았다. 생각하지 않으려고 하는데 오로지 그 생각만 났다. 그것은 어둠 속에서 지미에게 툭 떨어진 그림자 같았다.

"내일 뭐할 거예요?"

지미가 거의 혼잣말하듯 나지막이 물었다.

"마비스와 프랭크에게 갔다가 아칸소에 가야지."

크랩이 대답했다.

"돈 있어요?"

"없어. 하지만 시카고에서 지체할 시간도 없구나."

크랩이 대답했다.

"악기를 연주하잖아요?"

"그럴 기회가 생기길 바랐어. 감옥에선 많이 연주했었거든. 리드(관악기의 발음원이 되는 갈대, 쇠, 나무 따위로 만든 얇은 진동판으로 공기 흐름으로 진동하여 소리를 냄: 옮긴이)가 있으면 거의 날마다 불었지. 때로는 리드가 엉망이 되거나, 경비원이 와서 그것을 망가뜨려 조각을 내곤 했어. 그러면 연주를 할 수가 없었단다."

"경비원들이 연주를 못 하게 했어요?"

"아니, 연주는 하게 했단다. 그렇게 해 주어야 했으니까. 전에는 버논과 함께 연주를 했지. 그는 대표였어. 밀워키에서 온 폴란드 녀석들이 트럼펫을 갖고 있었지만, 버논이 잘 불었어. 난 그와 연주를 했었어. 너도 빌리 데이비스를 봤을 거다."

"그 아저씨가 연주하는 걸 봤어요."

지미가 말했다.

"내가 녀석에게 트럼펫을 연주하는 법을 가르쳐 주었지. 녀석은 클럽을 어슬렁거리며 그냥 쳐다보기만 했단다. 난 카드 게임에서 딴 낡은 트럼펫이 있었어. 네 엄마에게 그 녀석에 대해 말했더니, 그걸 주라고 하더구나."

"어머니가 시카고에 있었어요?"

"그때는 네 어머니가 아니었어. 우리는 함께 어울렸을 뿐이야. 난 여기 시카고로 함께 와서, 이곳이 어떤지 둘러보려고 했지."

"어머니도 빌리 데이비스 아저씨를 만났어요?"

"그 녀석은 꼭 만나야 할 정도로 중요하지는 않았어."

크랩의 목소리가 편안해 보였다.

"내가 빌리 데이비스에게 트럼펫을 좀 가르쳐 주었고, 버논도 녀석에게 약간 가르쳐 주었지만, 나머지는 녀석이 스스로 익혔어."

"오늘 밤 그 아저씨와 연주했어요?"

"함께할 수 없었단다. 그 사람들 누구와도 연주할 수 없었어. 내가 불쑥 끼어들어서 입을 놀리며 무언가를 하고 있다는 듯이 말했지. 그렇게 축적된 비장의 무언가가 있는 듯 말하고는, 한 이틀 연주할 수 있게 해 달라고 부탁했어. 그가 첫 무대를 마친 뒤에 내가 연주하는 걸 들어 보겠다고 했지."

크랩이 이어 말했다.

"난 밖으로 나가서 어떤 그룹의 연주를 들었고 그들은 담배를 피웠어. 곧이어 빌리와 트리오가 나와서 대단한 연주를 했단다. 그 녀석이 연주하는 걸 들으면서 난 그 근처에도 갈 수 없다는 걸 깨달았지. 빌리가 자기 악기를 써도 좋다고 했는데 난 손을 뻗어 그것을 잡을 수도 없었어. 내가 어떤 상태였든 의식을 잃어버렸거든. 내가 스스로를 악화시킨 거야. 그게 바로 내 등이 아프게 된 이유란다."

"그럼 어떻게 아칸소에 갈 돈을 구할 거예요?"

"우린 거기에 꼭 가야 해. 방법을 찾아봐야지."

크랩이 말했다.

"아칸소는 얼마나 멀어요?"

지미가 물었지만 크랩은 대답하지 않았다.

지미는 어둠 속에 누워 있었다. 그는 크랩이 두려웠다. 고통스러워하는 그를 보았고 그의 목소리에서 실망스런 느낌을 받았다. 지미가 샌드백을 치는 프랭크를 보면서 느꼈듯이 크랩도 그런 기분을 느꼈을지 궁금했다.

크랩이 지미와 같은 기분을 느꼈다면, 지미처럼 아프고 기분이 언짢았다면, 지미는 그와 함께 있기가 훨씬 수월할 거라는 생각이 들었다.

마마 진을 위해 수없이 했던 대로, 지미는 먼저 일어나 밖으로 나가서 커피 병과 도넛 몇 개를 가져왔다. 지미가 돌아왔을 때 크랩은 면도를 하고 있었다. 옆구리에 접은 타월을 두르고 있었는데, 처음 보았을 때보다 그는 더 말라 보였다.

"기분이 어때요?"

지미가 물었다.

"괜찮아."

"커피랑 먹을 것 좀 가져왔어요."

크랩이 면도를 마치고 샤워하러 갔다.

지미는 도넛 하나를 먹었다. 그것을 사기 위해 마마 진이 준 돈을 썼다. 마마 진에게 돌아갈까 생각도 해 보았지만, 마음속에서는 크랩과 함께 아칸소에 가라고 했다.

크랩이 샤워를 마치고 몸을 닦으며 나왔다. 지미는 다른 쪽으로 눈을 돌렸다. 크랩이 커피를 마시는 게 느껴졌다.

그들이 아래층으로 내려왔을 때 도린은 사무실에 앉아 있었다. 그녀가 눈을 감고서 밤새 그곳에 앉아 있다가, 아침에 첫 손님들이 내려왔을 때 갑자기 눈을 뜨는 모습을 지미는 상상해 보았다. 크랩이 구석에서 마비스에게 전화를 걸었다. 그는 지난밤과는 달리, 더 생기 있는 모습으로, 눈은 더 크게 뜨고 있었다.

마마 진은 몸이 안 좋거나, 피곤할 때면 발이 무거운 듯이 걸었다. 이따금 발을 질질 끌어서 갈 곳을 향해 옆에서 옆으로 옮기는 듯 보였다. 몸이 괜찮을 때는 머리를 뒤로 젖히고 발을 앞쪽으로 똑바로 움직이며 걸었다.

크랩은 기분이 좋을 때 세찬 바람을 맞으며 걸어가는 것처럼, 턱을 아래로 내리고 다리를 뻣뻣하게 뻗고 걸었다.

"마비스가 11시에 라살 거리에서 만나자고 하는구나. 지금은

9시 반이야. 한 10시쯤에 거기에 닿을 것 같아. 한동안 거기서 기다려야겠다. 거기서 아침을 먹거나 요기를 하자꾸나."

크랩이 말했다.

"좋아요."

지미가 어깨를 으쓱였다.

크랩은 지미에게 아무것도 묻지 않고 말을 했다. 그가 무엇을 하라고 말해 주는 것도 괜찮았다. 하지만 왠지 달랐다. 마마 진은 지미에게 뭘 하라고 말한 적이 결코 없었다. 그녀가 지미에게 지시하는 말을 한 적이 있지만, 어떤 의미에서 그 방식이 달랐다. 지미에게 어떤 일들을 하라고 말할 때마다 그녀는 손을 지미 팔에 올리거나 어깨를 쓰다듬었는데, 거의 부탁하는 것 같았다.

그들은 고가 철도를 타고서 10시 5분 전에 정거장에 도착했다. 마비스와 만나기로 한 모퉁이에 커피 가게가 있어서 그곳에 자리를 잡았다. 모퉁이에 있으면 그녀가 일찍 모습을 드러내는 경우라도 그녀의 모습을 볼 수 있을 것이다. 크랩은 달걀을 살짝 익힌 햄에그 토스트를 주문했고, 지미는 시리얼을 달라고 했다.

"차를 빌리면 열네 시간에서 열다섯 시간 만에 아칸소에 갈 수 있을 거야. 아칸소에 도착하자마자 속도에 주의해야 해. 거기선 속도를 줄였다고 경찰이 곧바로 널 잡아 갈지 모르니까."

크랩이 말했다.

"왜 마비스 아줌마가 우리랑 함께 가요?"

"애인이니까. 넌 애인 없었니?"

크랩이 물었다.

지미가 바라다보자 크랩이 미소를 지었다.

"한 명도 없었어요."

지미가 대답했다.

"시간이 많아, 시간이 많지. 내가 네 나이 때 할아버지는 여자가 두 명 있었어. 집에는 할머니가 있고 건너편 도시에 애인이 있었지. 난 여자들에게 전혀 관심이 없었단다. 여자들은 온통 난처하게 만들 뿐이거든."

크랩이 말했다.

"프랭크는요? 그 형도 함께 갈 거예요?"

지미가 물었다.

"그래."

웨이트리스가 토스트가 담긴 큰 접시를 가져와서는, 그들 사이에 내려놓았다.

"토스트에 마가린과 버터 중 뭘 발랐나요?"

크랩이 물었다.

"마가린이요."

웨이트리스가 이렇게 말하고 돌아서서 가 버렸다.

"이건 가져가요! 버터를 갖다 줘요."

크랩이 소리쳤다.

웨이트리스가 이를 악물고 토스트를 가져갔다.

"프랭크도 아들이에요?"

지미가 물었다.

"아니, 그 앤 마비스의 아들이다. 그건 왜 묻니?"

크랩이 되물었다.

"그냥 물어봤어요."

지미가 대답했다.

"그 애가 좋니?"

"아니요. 제가 체육관에 되돌아갔던 날, 그 형이 마구 참견하더라고요. 날 풋내기라나 뭐라고 부르면서요."

지미가 시리얼에 우유를 부었다.

"누군가 널 풋내기라고 했으면 맞서 싸워야지."

웨이트리스가 테이블에 새 토스트 접시를 올려놓는 잠깐 동안, 크랩은 말을 멈추었다가 다시 말을 이어 갔다.

"사람들은 널 용기 있는 사람이나 풋내기라고 여길 거다. 네가 그들에게 맞선다면 네가 용감하다고 생각하고 깔보려고 안 할 거야."

"날 알지도 못하면서 왜 깔보는 건데요? 난 한마디도 안 했어요."

지미가 물었다.

"그냥 그런 사람들이 있어. 넌 사람들이 어떤지 알아야 해."

아침 식사를 마치자 크랩이 커피를 더 주문했다.

지미는 어쩌면 프랭크가 옳다고 생각했다. 어쩌면 지미가 풋내기일지 모른다. 그와 맞서고 싶지 않았었다.

"내가 프랭크를 쏘아봤다면, 우린 싸웠을 거예요. 제가 프랭크를 이길 수 있을까요?"

지미가 물었다.

"싸움이 어떤 건지 아니?"

크랩이 되물었다.

"아니요."

"그런데 어떻게 이길 수 있겠니?"

지미는 고개를 돌려 유리창을 뚫어져라 쳐다보았다. 거리에는 몇몇 사람들이 우산을 쓰고 있었다. 한 수녀가 손을 뻗어 손바닥을 위로 들고 하늘을 올려다보았다. 여자 두 명이 길을 건너고 있었다. 둘 다 야구 모자를 썼고 소리 내어 웃고 있었다. 버스 정류장에는 역시 야구 모자를 쓴 남자가 버스를 기다리고 있었다. 지미는 뉴욕보다 시카고에 야구 모자를 쓴 사람이 더 많은지 궁금했다. 크랩이 프랭크를 이길 수 없다고 생각하면서도 지미에게 그와 맞서야 한다고 생각하는지도 의아했다.

"시간이 있다면 네게 격투에 대해 가르쳐 줄 텐데. 어쨌거나 댄스 경연에 나간 게 아니라는 것만 알면 된다. 사람들은 대부분 주위를 어슬렁거릴 때조차 싸우고 싶어 한다고 생각하거든. 싸움은 싸움일 뿐이야. 상대방이 널 해치기 전에 네가 그를 다치게 하고 싶은 거."

크랩이 말했다.

"그게 하고 싶었던 거예요? 나한테 싸움 같은 걸 가르쳐 주는 거요?"

지미가 물었다.

"배우고 싶니?"

"예."

크랩이 듣고 싶어 하는 말이라고 여기며 지미가 대답했다.

"내겐 할 일들이 있단다. 하지만 시간이 있다면 싸우는 법을 가르쳐 주마."

크랩이 대꾸했다.

"알았어요."

지미가 다시 거리로 눈길을 돌렸다. 이제는 비가 내리고 있었다. 빗줄기는 아까보다 더 세졌지만, 여전히 거세지는 않았다.

11시 10분 전에 그들은 식당에서 나왔다. 그러고는 비를 피하려고 문 가까이에 있는 어떤 건물의 차양 아래에 서 있었다. 이따금 크랩이 문 옆으로 가서 빌딩에 몸을 기댔다. 11시 30분쯤 지미는 크랩의 기분이 언짢다는 걸 알았다. 그의 아래턱이 세게 다물어졌다가 풀렸다.

"두 사람 늦네요."

지미가 말했다.

크랩은 한마디도 안 하고 거리를 내려다보며 외면했다. 거리 건너편 옷가게 위에 구식 시계가 있어서, 지미는 분침이 정말로 움직이는지 보려고 애썼다.

크랩이 지미에게 5달러 지폐를 주며 약국에 가서 아스피린을 사 오라고 시켰다.

"괜찮아질까요?"

"그럼."

약국은 사람들로 붐볐다. 한쪽에 잡지가 있고, 다른 쪽에 주류가 있었다. 지미는 회색 코트를 입은 젊은 남자에게 다가가서 아스피린이 있는 곳을 물었다. 점원이 아래층으로 내려가는 계단을 가리켰다.

아래층으로 내려간 지미는 아스피린을 찾았다. 어림잡아 아스피린이 다섯 종류가 있어서 지미는 텔레비전에서 본 것을 골라 들었다. 5달러 지폐로 돈을 지불하고서, 신중하게 잔돈을 세어 보며 영수증을 확인했다.

지미가 위층으로 올라왔을 때 비가 더 세차게 내리고 있었고 정문 주위에는 사람들이 옹기종기 무리지어 있었다. 지미는 주머니에 아스피린을 넣고 문을 향해 달렸다.

크랩이 안 보였다. 잠깐 동안 심장이 빠르게 쿵쾅거렸다. 얼른 진정하려고 애쓰며 방금 전에 서 있었던 빌딩으로 걸어갔다. 지미는 자신이 착각했을지 모른다고 생각했지만, 길 건너에 여전히 시계가 있었기에 착각은 아니었다. 12시가 살짝 지나 있었다.

돌풍이 불자 지미가 몸을 떨며 목깃을 당겨 여몄다.

크랩이 돌아오지 않을 경우 마마 진에게 수신자 부담 전화를 걸면 그녀가 지미에게 뉴욕으로 돌아가는 방법을 찾아 줄 거다. 바람이 거세게 불며 차양 아래로 비를 몰아오자 지미는 빌딩 쪽으로 더 가까이 뒷걸음쳤다. 시카고에 혼자 남겨졌다는 사실이 너무 놀랍고 걱정되었다. 뉴욕에서는 결코 두려웠던 적이 없었다. 지금은 뉴욕에 있는 것과 달랐다. 자신의 처지가 예전 크랩의 삶과 더 비슷한지 궁금했다. 어떤 일이 일어나든, 크랩이 떠나고 마마 진에게 수신자 부담 전화를 할 수 없게 되더라도, 지미는 절대 도둑질 같은 건 하지 않겠다고 다짐했다.

"가자!"

크랩이 다급하게 옆을 지나갔다.

지미가 깜짝 놀라며 그를 쫓아갔다. 크랩은 비도 군중도 신경 쓰지 않고 계속 걸어갔다. 사람들이 그를 피해 움직였다. 그들이 두 블록을 걸어간 뒤에 크랩이 호텔 안으로 들어갔다.

둘이서 호텔 로비로 들어서자 도어맨이 그들을 건너다보았다. 크랩이 유니폼을 입은 흑인에게 걸어가서는 화장실이 어디인지 물었다. 지미는 크랩이 남자의 손에 1달러를 쥐어 주는 것을 알아차렸다.

"엘리베이터를 지나 왼쪽으로 도세요."

크랩은 화장실에서 소변을 본 뒤에 손을 씻었다. 그러고는 머리를 빗으며 거울 속 자신의 모습을 쳐다보았다.

"내가 어때 보이니?"

크랩이 지미에게 물었다.

"괜찮아요."

"가자."

크랩이 두리번거리며 호텔 로비로 갔다. 곧이어 신문 가판대 근처 카운터로 갔다. 렌터카 사무실이 있었다.

카운터에 앉은 젊은 여자는 예뻤다. 그녀가 크랩에게 미소를 지으며 무엇을 원하는지 물었다. 크랩이 그녀에게 포드(미국산 자동차: 옮긴이)를 원한다고 대답했다.

"중형으로요."

크랩이 말했다.

그녀가 서류를 건네며 빈칸을 채우라고 했다. 크랩이 서류를 채워 넣기 시작했다. 지미는 그를 지켜보았다. 그는 이름 칸에 '로버트 다니엘스'라고 적고 있었다.

"저기 가서 앉아 있어."

그가 피아노 옆의 자리를 가리켰다.

지미는 자리에 앉아서 무릎을 내려다보았다. 크랩이 어떤 일을 하고 있는지 몰랐지만, 잘못하고 있는 게 분명했다.

차를 빌리는 일은 오래 걸리지 않았다. 지미는 크랩이 여자에게 신용카드를 건네는 걸 아주 오래 올려다보았다. 그녀가 전화를 걸고 나서 크랩에게 신용카드를 돌려주었다. 이윽고 크랩이 열쇠를 받고서 지미를 불렀다.

신문 가판대 앞에서 크랩이 쿠키와 탄산음료 두 병을 샀다. 곧 이어 그들은 모퉁이를 돌아가서 주차장의 직원에게 열쇠를 보여 주었다. 직원이 열쇠를 받아서 사라졌다.

크랩이 아스피린을 달라고 했을 때도 지미는 대답하지 않았다. 주머니에서 그것을 꺼내 그에게 주었다.

차가 오자 크랩이 직원에게 1달러를 주었다. 크랩이 운전석에 타고서 지미에게 조수석 문을 밀어 열어 주었다. 지미가 타자 그들은 주차장에서 나와 거리로 들어섰다.

크랩은 천천히 붐비는 시카고 거리를 운전해서 다리로 들어섰다. 그러더니 길 한쪽에 차를 대고, 상자를 열어 아스피린을 꺼내 탄산음료로 약을 먹었다.

"마비스 아줌마와 프랭크는 어디 있어요?"

지미가 물었다.

"안 올 거다."

크랩이 대답했다. 그러고는 상자를 닫고는 지미 너머로 손을 뻗어 글러브 박스(자동차 앞자리에 있는 장갑 등을 넣어 두는 칸: 옮긴이)에 그것을 넣었다.

"왜요?"

"그들이 왜 아칸소까지 가야 하는데?"

크랩이 되물었다. 그러더니 사이드미러를 들여다보고는 고속도로로 차를 몰았다.

"그들이 올 거라고 했잖아요. 그래서 올 줄 알았어요."

지미가 대꾸했다.

8

크랩은 탄산음료 캔을 들이키면서, 머리를 옆으로 기울이고 계속 길을 살폈다. 그러더니 캔을 내려놓고는 양손으로 핸들을 꽉 잡았다. 지미는 몸을 돌려 뒤쪽을 쳐다보았다. 시카고에는 큰 빌딩들이 많지 않다는 생각이 들었다.

또 비가 내려 창문 안으로 빗방울이 들어왔다.

"창문을 닫아라."

크랩이 말했다.

지미는 창문을 올릴 방법을 찾았지만 아무것도 보이지 않았다. 크랩을 쳐다보자 그도 찾고 있었다.

"차 안에 있는데도 젖겠어요."

지미가 말했다.

크랩이 지미를 쳐다보며 미소를 지었다.

따스한 미소였다. 크랩에게서 보았던 최고의 미소로, 지미를 기분 좋게 해 주었다. 지미는 웃긴 일을 생각해 보았지만 떠오르지 않았다. 차라리 아무 말도 안 하는 게 더 나을 수도 있었다. 미소는 미소대로 멋지게 그냥 내버려 두자. 따스하게. 다정하게.

크랩이 창문 올리는 버튼을 찾아서 그것을 눌러 창문을 올렸다. 그러고는 와이퍼 버튼을 발견했다. 버튼을 누르자 차가 느닷없이 방향을 틀었다.

크랩이 다시 와이퍼 버튼을 눌렀지만 차는 여전히 빗나갔다. 그가 핸들을 꼭 쥐고 재빨리 브레이크를 걸었다. 차 꽁무니가 길 한복판을 향해 미끄러지자, 지미는 계기반에 부딪치기 전에 재빨리 자세를 잡았다. 차가 갓길로 미끄러져 갔다.

"맙소사, 무슨 일이지?"

크랩이 다시 와이퍼 버튼을 내리치자 와이퍼가 고분고분하게 움직였다. 그가 버튼을 끄고 차를 바로잡으려고 애썼다. 갑자기 쿵 소리가 났다.

"무슨 일이에요?"

지미가 물었다.

"다쳤니?"

"아니요."

지미는 얼굴이 계기반에 부딪쳐서 볼이 아팠지만 무시하고 거짓말을 했다.

크랩이 밖으로 나가서 차 앞쪽을 살펴보았다. 그러더니 돌아와서는 시동 장치에서 키를 뺐다.

"펑크가 났다. 와이퍼를 작동시키자마자 그렇게 된 같아."

크랩이 말했다.

크랩이 차 뒤로 가서 스페어타이어를 꺼냈다. 지미는 타이어를 보자 밖으로 나갔다. 여전히 비가 내렸는데, 전보다 더더욱 세차게 내리고 있었다.

크랩이 자동차용 잭을 아래에 대고 자동차를 들어 올렸다. 그러다가 트렁크로 돌아가서 연장을 더 찾아보았지만 찾을 수가 없었다. 곧이어 잭 핸들로 눈길을 돌렸다가 흙받기를 벗기려면 그것을 사용해야 한다는 걸 알았다. 크랩이 흙받기를 벗겨내고 같은 도구를 이용해서 바퀴를 빼내기 시작했다.

"내가 왜 여기 있는지 아니?"

크랩이 물었다. 얼굴에는 비와 땀이 뒤섞여 있었다.

"마비스와 프랭크가 아칸소에 가지 않으려고 해서요?"

지미가 되물었다.

"아니, 그러니까 내가 슬럼가에서 도망쳐 나온 이유?"

크랩이 물었다. 재킷을 벗더니 그 위에 무릎을 꿇었다.

"흙받기에 이 나사를 넣어."

"아칸소에 가고 싶다면서요."

지미가 말했다.

"그래. 내가 날 속이고 있다는 걸 알았기 때문이다. 감옥에서는 내 건강이 좋아질 수 있다고 생각했고, 형기를 다 마치고 모든 걸 다시 시작할 수 있다고 여겼어. 그러던 어느 날 친구가 죽었지."

크랩이 말했다.

"거기서요?"

"그래. 감옥 밖에 있으면 사람들이 그곳에서 죽는다고 생각도 못할 거다. 그들이 형기를 마치고 출옥한다고들 여기지. 하지만 감옥에서 많은 이들이 죽지. 몇몇은 다른 수감자들에 의해 살해 당하기도 하고. 나처럼 병에 걸리는 사람들도 있어. 그들은 사는 것에 그냥 지쳐 버려. 무슨 말인지 알겠니? 그냥 모든 것에 싫증이 나는 거야. 그들이 무언가를 위해 노력하고 이해해야 할 의미가 없는 거지. 그리고 사는 것 말고는 그들이 아는 건 죽는 일뿐이고."

크랩이 마지막 나사를 풀어서 지미에게 건넸다. 그는 거칠게 숨을 내쉬고 있었다.

그가 길 한쪽에 놓여 있는 스페어타이어를 가져다 바퀴에 맞추려고 애썼다. 타이어가 바퀴에 제대로 들어가지 않자, 그것을 땅바닥에 내팽개쳤다.

"왜 그래요?"

지미가 물었다.

"맞지 않아. 트렁크에 안 맞는 타이어를 넣어 놓은 거야."

"차를 조금만 더 들어 봐요."

크랩이 지미를 쳐다보더니, 다시 타이어를 잡고서 바퀴에 댔다. 그제야 처음부터 바퀴를 충분히 들어 올리지 않았다는 걸 알고는, 그것을 내려놓고 차를 좀 더 높이 올렸다. 다시 바퀴를 들고 맞추었다. 곧이어 타이어를 끼우고 나사를 교체했다.

"교도소에서 나 자신을 속이고 있다고 생각했다. 평생 이리저리 뛰어가기만 했었어. 어느 날은 밖에 나가면 모든 걸 다시 시작할 거라고 말했지. 다음 날에는 부자가 되기 위해 무언가를 해야겠다고 말하고 있었고. 하지만 밖에 나가면 난 여전히 크랩일 뿐이었지, 세상은 여전히 예전과 똑같았어. 무슨 말인지 알겠니?"

크랩이 물었다.

"대충요."

지미가 대답했다.

"내게는 어딘가에 있는 아이 하나뿐이었어. 내가 사람을 죽였기 때문에 날 증오하는 아이."

"난 아버지를 증오하지 않아요."

지미가 대꾸했다.

타이어를 끼우자 크랩이 차체를 내렸다.

"트렁크에 낡은 타이어를 넣어."

지미는 타이어를 트렁크에 넣고 잭과 연장도 집어서 트렁크에 넣었다. 타이어는 생각보다 더 무거웠다.

크랩이 몇 번의 발길질로 흙받기를 끼우고 차로 돌아갔다. 차에 탔을 때 지미는 축축하고 추웠다.

"키 갖고 있니?"

크랩이 지미를 쳐다보았다.

"아니요."

크랩이 밖으로 나가서 무릎을 꿇었던 자리의 땅바닥을 살펴보고는, 뒤쪽으로 가서 트렁크 안에서 열쇠 꾸러미를 찾아냈다. 곧이어 그들은 길을 떠났다.

"감옥에서 나와 돌아다니기 시작하면 깨달았던 걸 까마득히 잊게 된단다. 말썽에 휘말리기 전의 나처럼 생각하기 시작했지. 감옥에서 트럼펫을 만지작거렸기 때문에 연주할 수 있을 거라고 생각한 거야. 거기서 나오기만 하면 다시 마비스를 꼬실 수 있다고 여겼고."

"그들이 늦게 왔을 수도 있어요."

지미가 말했다.

"마비스에게 전화했어. 마비스가 다른 할 일이 있다고 말했단다. 대체 내가 어떤 사람인지 자문해 보았지."

"아줌마가 뭐라고 했어요?"

"그래, 마비스가 역시 옳았어."

"난 감옥에서 그걸 제대로 깨닫고도, 분위기에 휘말려 모든 걸 잊었어. 이번 생에서 내가 가진 거라고는 너뿐이더구나. 그런데 난 널 제대로 알지 못해."

"난 아버지를 미워하지 않아요."

지미가 거듭 말했다.

"그게 그렇게 간단하지가 않아. 미워하지 않는 걸로 누군가의 욕망을 채우지도 못하고."

"뭘 원하는데요?"

크랩이 좌석 옆으로 손을 내려 이리저리 더듬으며 자리를 조정하는 손잡이를 찾았다.

"나 자신에 대해 제대로 생각해 볼 수 있기를 원해. 거울을 들

여다보면서 내게도 존경할 만한 점이 있는지 찾아봐야 한다고 생
각했고. 어쩌면 너를 통해 내가 존중할 수 있고 날 존중할 수 있
는 무언가를 보길 원하는지도."

지미는 대꾸하지 않았다. 크랩이 생각하는 것과 원하는 것이
무엇인지, 혹은 그것을 제대로 드러나게 하는 방법을 알지 못했
다. 크랩에게 무엇을 말해야 할지도 몰랐다.

지미는 그저 아래를 내려다보면서 그들 사이에 십여 센티미터
의 공간만이 있는 걸 알았다. 겨우 십여 센티미터였지만 긴 거리
였다.

"렌터카에서 왜 다른 이름을 썼어요?"

지미가 물었다.

"아파서 곧 죽거든. 필요한 걸 어떻게 얻는지는 중요치 않아."

크랩이 똑바로 앞을 내다보며 말을 이었다.

몇 킬로미터가 휙 지나갔다. 그들은 비에서 벗어나 있었지만
하늘은 여전히 선뜩하고 멋없는 잿빛이었다. 크랩이 심하게 한숨
을 토하며 어깨를 들어 올렸다가 앞으로 내밀며, 으르렁대듯 거
칠게 숨을 내쉬었다. 그러더니 몸을 제대로 기댈 곳을 찾고 있다
는 듯 자리 끝으로 움직였다.

집과 광고판과 주유소가 그들의 시야에 흐릿하게 보였으니 몇
킬로미터를 지나갔을 거다. 지미는 할 말을 찾아보았다. 크랩이
내뱉을 뻔했던 말, 지미가 느끼는 생각 같은 것들이었다.

지미는 가령 '아버지가 좋아요.' 같은 말할 거리를 생각해 보

았지만, 밖으로 튀어나오지 않았다. 실은 크랩을 좋아하지 않았다. 그에 대해 알고 싶었고, 알아야 했지만, 그를 정말로 좋아하지는 않았다. 하지만 어느 날 일이 해결되면 그를 좋아할 수 있을지 모른다고 생각했다.

"할아버지는 무슨 일을 하셨어요?"

지미가 물었다.

"C. C. 리틀?"

크랩이 미소를 지었다.

"그게 할아버지 이름이에요? C. C."

지미가 물었다.

"어. 아버지 이름. 아니, 모두들 아버질 그 이름으로 불렀지."

그들이 그레이하운드 고속버스를 지나칠 때 작은 남자아이가 창문에서 손을 흔들었다. 지미는 손을 흔들어 주고 싶었지만, 그 모습을 크랩에게 보이고 싶지 않았다.

"난 한 달에 두 번 아버지를 보곤 했단다. 아버진 남부 노선의 요리사였어. 진짜 이름은 찰리, 어쩌면 찰스였을지도 몰라. 하지만 주 순환선에서는 C. C.라고 부르곤 했지. 'C. C. 라이더(1924년에 최초로 녹음된 후 많은 이들에게 불린 미국의 인기 있는 12마디 블루스 곡: 옮긴이)', 그 노래에 나오는 이름. 그 노래 아니?"

"몰라요."

"아마도 네가 태어나기 전일 테니 그렇겠지. 아무튼 아버진 그 노선의 요리사였어. 기차에서는 좋은 음식을 요리했었지. 아버진 한 번에 몇 주 동안 집을 떠나 있었어. 일단 길을 나서면 여기저기 돌아다니다가 옷을 빨러 집에 돌아왔단다. 아버지가 집에 오면 엄마가 옷을 빨아 다려 주었고 그러면 아버진 떠났지. 루이지애나에 가면 이따금 집에 사탕수수를 가져왔어. 기차가 뉴올리언스에도 갔었거든. 그 당시엔 텍사스는 가지 않았어."

"할아버지와 많은 시간을 함께했어요?"

"우리 아버지와?"

크랩이 머리를 흔들었다.

"기차를 타면 아버진 바빴고, 그때는 아버지 친구들이 있었지. 아버진 아이들과 많은 시간을 보내지 않았어."

"왜요?"

"그게 아버지가 삶을 사는 방법이었거든."

크랩이 대답했다.

"할아버지가 아버지와 살긴 했어요?"

"그래, 집에 있을 때는."

"함께 살면서 시간을 함께 보내지 않았다는 거예요?"

"딱 한 번, 내가 열두 살 때 함께했지. 열두 살 생일에 라이플을 받았기 때문에 열두 살 때였다는 걸 알아. 아무튼 아버지가 사냥하러 나간다고 하자 엄마가 날 데려가라고 했어. 아버진 날 데려가고 싶지 않았지만, 나가야 할 시간이라 내게 입 닥치고 뒤에 가만히 있으라고 일렀어. 아버지와 일행은 너구리를 사냥하고 있었지.

우리는 이른 아침에 출발했어. 한동안 숲 속을 헤매고 다녔어. 일행은 아빠와 나를 포함해 다섯 명이 있었단다. 우리가 데려간

개들은 거칠지 않았고 사람들도 사냥을 해 본 적이 없었어. 우린 그날 대부분을 숲 속에서 뛰어다녔지. 그때 새 몇 마리와 산토끼 두어 마리를 잡은 것 같구나. 그러고 나서 일행 중 한 사람이 숲 속에 갖고 있던 낡은 오두막으로 가서는 모닥불을 피우고 그 주위에 둘러앉아서 남은 시간 동안 술을 마셨지. 아빠가 내게 술을 줘서 마시고 싶지 않다고 말했어.

아버지가 '넌 지금 사나이들과 함께 있어. 그러니까 사나이처럼 행동해라.' 라고 말했지. 그래서 난 한잔했고 기분이 꽤 좋았단다."

"그 뒤로 많은 시간을 함께 보냈어요?"

지미가 물었다.

"아버지가 날 데리고 나갔던 적은 그때뿐이었어. 아버지가 죽었을 때 난 감옥에 있었고."

크랩이 말했다.

"그래서 슬펐겠네요?"

"슬프지 않았어. 진짜 아무 느낌도 안 들었지."

크랩이 탄산음료 캔을 흔들어 비었는지 확인했다. 지미가 음료가 남은 제 캔을 그에게 주었다.

"거기에서 아스피린 좀 꺼내 주겠니?"

지미는 아스피린을 건네주고 크랩이 한 손에 든 작은 병을 여는 모습을 지켜보았다. 그가 엄지손가락으로 마개를 툭 치자 그것이 앞쪽 바람막이 유리로 휙 날아갔다. 마개는 지미 근처에서 튀어 올랐다가 차 바닥에 떨어졌다. 지미가 그것을 집어서 크랩에게 건넸다.

"할아버지가 아버지를 좋아하지 않았다면 누구를 좋아했어요?"

지미가 물었다.

"주로 여자를 좋아했지."

크랩이 대답했다.

"마비스를 좋아해요?"

크랩이 몸을 돌려 지미를 쳐다보았다. 그러더니 머리를 흔들며 두어 번 어깨를 들어 올렸다가 툭 떨어뜨렸다.

"난 마비스를 좋아하지 않아. 그렇게 많이는 아니야. 마비스와 어울리다 보면 사는 것 같거든. 무슨 말인지 알겠니?"

"아니요."

"내가 무언가를 하고 있다는 거야. 내게 여자가 있고, 그 여자와 함께할 일이 있다는 거."

"할아버지를 좋아했어요?"

지미가 물었다.

크랩은 라디오를 틀고 좋아하는 방송을 찾을 때까지 버튼을 누르며, 추월 차선으로 들어갔다.

지미는 할아버지의 생김새가 어떤지 크랩에게 묻고 싶었다. 아버지 옆에 앉아서 소년이었을 때 크랩의 모습을 상상해 보려고 애썼다. 그건 아이가 어른이 된 모습을 상상하는 것만큼 어려웠다. 날이 저물고 네온 불빛이 그의 날카로운 얼굴을 환히 비추었다. 차를 타고 가는 크랩을 쳐다보고 있어도, 렌터카 운전대 위에 웅크리고 있는 낯선 흑인 남자, 그 모습 말고는 상상하기가 힘들었다.

곧이어 지미는 잠에 빠져 드는 자신을 느끼며 그대로 잠들어 버렸다. 믿을 수 없이 멀리 있는 마마 진을 떠올렸다. 지미 앞에, 어둠 속 어딘가에 아칸소가 있었다.

9

지미가 잠에서 깼을 때, 하얀 두 빌딩 사이로 막 날이 밝아 오고 있었다. 차는 나무 아래 작은 길 위에 주차되어 있었다. 옆에 크랩이 안 보이자 지미의 심장이 마구 뛰었다. 뒷자리를 보니 크랩이 자고 있었다. 몸을 움츠리고 있는 모습이 평소보다 더 작아 보였다.

하늘은 대부분 잿빛이었지만 깃대 끝에서 한 줄기 하얀 빛이 뻗어 나오고 있었다. 차 안은 거의 숨이 막힐 만큼 더웠다. 차창이 모두 닫혀 있었다. 지미가 창문을 오르내리는 버튼을 눌렀는데, 창문이 꿈쩍도 안 했다. 다시 크랩을 살펴보며, 한동안 그의 귀에 거슬리는 나지막한 숨소리를 듣다가, 지미는 마침내 문을 열었다.

산들바람이 세게 불지는 않았지만, 꽤 도움이 되었다. 바람이

상쾌하게 지미의 이마를 식혀 주었다. 미처 알아차리지 못했던 냄새가 났다. 어느새 잠이 깼던 방금 전보다 하늘이 더 환해져 있었다. 가는 흰 빛 줄기는 눈부신 낮의 한 조각만큼 넓어져 있었다.

지미는 일어서서 기지개를 켜며, 화장실에 가야겠다고 생각했다. 거리는 황량했다. 거리 한쪽을 따라 주로 트럭들이 세워져 있었다. 맞은편 거리는 텅 비어 있었다. 그림자 속에 쇠로 만든 울타리가 있어서, 지미는 그 너머로 넘어가, 주위를 둘러보며 오줌을 누었다.

지미는 차로 돌아가서 안에 들어가 조용히 문을 닫았다. 그러고는 몸을 돌려 크랩을 보았다. 희미한 빛에 그의 형체는 거의 알아볼 수 없었다.

트럭이 모퉁이를 빙 돌아서 지미가 탄 차로 다가오다가 거리로 내려갔다. 지미는 계기반 아래로 몸을 숙이고, 윙윙대며 다가오는 트럭 소리에 귀를 기울였다. 차는 이내 지나갔다.

지미는 위를 올려다보며 트럭이 계속 거리로 내려가는지 확인했다. 그들이 얼마나 오랫동안 그곳에 있었는지 궁금했다. 어쩌면 크랩이 뒷자리에서 방금 잠이 들었는지 모른다. 아니면 오래전에 잠이 들어 일찍 일어나려고 했던가. 차의 시계를 보았다. 5시 53분이었다. 차 한 대가 거리를 달려와서는, 지미가 보았던 두 빌딩 중에 더 밝은 빌딩 앞에 멈췄다. 곧이어 차에서 거무스름한 형체가 나와 빌딩 앞으로 갔다. 잠시 후에 정문으로 갔던 사람이 안으로 들어갔고 차는 인도에서 떠났다. 다시 시계를 보니 5시 54분이었다. 사람들이 막 출근하고 있었다.

"일어났어요?"

지미가 물었다. 그러고는 손으로 크랩의 어깨를 짚었다.

크랩이 낑낑거렸다. 지미가 또다시 크랩의 어깨에 손을 댔다. 이번에는 곧바로 손을 뗐다.

크랩을 만지는 느낌이 낯설었다. 이미 그에게 말을 걸었고, 손을 흔든 적이 있었지만, 그의 몸에 손을 댄 적은 없었다.

"크랩?"

지미가 나직이 불렀다. 어스름에 활 모양으로 웅크리고 있는 그의 어깨를 손가락으로 살며시 눌러 보았다. 어깨가 몹시 딱딱해서, 근육인지 아니면 뼈인지 구별이 안 되었다. 지미는 제 어깨를 만져 보았다. 부드러웠다. 진짜 부드럽지는 않았지만, 크랩의 어깨보다는 더 부드러웠다.

"저기, 일어나세요."

크랩이 몸을 움직이며 눈을 떴다.

"몇 시니?"

그가 말을 하는데 목소리가 거의 들리지 않았다.

지미는 다시 차의 시계를 보고 대답했다.

"여섯 시 칠 분이요."

크랩이 거칠게 숨을 뱉고는, 앞자리 등받이 꼭대기에 손을 올리고 자신을 위쪽으로 끌어당겼다.

"너 잘 때 코 고는 거 아니?"

크랩이 물었다.

"아니요, 안 골아요."

지미가 대답했다.

"아니야, 코를 골았어. 조그만 아기가 코를 고는 듯했어. 네 엄마가 병원에서 널 집에 처음 데려왔을 때 코를 골곤 했지. 엄마는 그 모습을 보고 세상에서 가장 귀엽다고 했어."

크랩이 말했다.

"아버지는 어떻게 생각했어요?"

크랩이 몸을 돌려 창밖을 내다보았다. 아침 빛이 그의 얼굴을 비추며, 얼굴 아래쪽에 빛을 뿌리자 두려워하는 듯한 그의 표정이 드러났다. 방금 전 들은 질문에 대답하는 듯, 그가 양쪽 어깨를 으쓱였다. 곧이어 먼저 한쪽 다리를 쭉 펴더니 이어서 다른 쪽 다리도 쭉 폈다. 크랩이 양쪽 다리를 문지르더니, 차문을 열고 밖으로 나갔다.

"아칸소에 왔어요?"

"거의 다 왔어."

크랩이 팔꿈치를 차창에 올리고 차에 몸을 기대며 말했다.

"테네시 주 멤피스야. 강을 건너면 웨스트멤피스(미국 아카소 주의 시로 테네시 주의 멤피스와 마주 보며 다리로 연결되어 있음 : 옮긴이)지. 그곳이 아칸소란다. 거기서 조금만 길을 내려가면 매리언이고. 바로 내 고향."

크랩이 한 걸음 걷더니 곧이어 끙끙댔다. 지미가 자리 뒤쪽을 건너다보았다. 크랩이 차에 기대고 서 있는데 그의 가슴이 창가에 닿았다. 지미는 그가 괜찮을까 생각하며, 문을 잡고 있는 그의 왼손을 쳐다보았다. 손가락들이 뻣뻣했고 못이 박힌 굵은 마디가 단단하면서 느슨해 보였다. 크랩이 다시 끙끙거렸다.

지미가 조수석에서 나와 크랩을 쳐다보았다. 크랩이 푸른빛 은색 차 지붕에 이마를 댔다.

"괜찮아요?"

지미가 물었다.

대답이 없었다. 크랩의 머리는 여전히 차 지붕에 놓여 있었다.

"아스피린 드려요?"

지미가 물었다.

크랩이 몸을 곧바로 펴고 어깨를 위아래로 움직여 근육을 풀었다. 그러고는 차 뒤쪽을 향해 걷기 시작했다. 지미는 빙 돌아 뒤쪽으로 걸어갔다.

"걸을 수 있구나."

크랩이 말했다.

그가 차에서 한 손을 떼지 않고 발을 앞으로 질질 끌며 차 주위를 걸었다. 그의 이마에 작은 땀방울이 맺혔다. 지미는 자리에서 나와 차에 몸을 기댔다. 다시 차에 탈까 생각했지만 크랩이 쓰러질 경우를 대비해 바깥에 있기로 했다.

크랩이 거의 5분 동안 걷고는 돌아와 차에 탔다. 지미는 그와 함께 차에 들어갔다. 크랩은 말없이, 글러브 박스를 가리켰다.

지미가 아스피린을 그에게 주었다.

"많이 아파요?"

"그래. 오랫동안 꼼짝 않고 앉아 있으면 그래. 주위를 걸어 다니거나 아니면 등에 찜질기를 대고 있어야 해."

크랩이 시동을 걸었다.

"병원에 갔었어요?"

"전에도 그 질문을 했었잖니?"

"뭐라고 하셨어요?"

크랩이 자리에서 반쯤 몸을 돌려 거리를 내려다보더니, 갓길에서 차도로 차를 몰았다.

"의사가 내게 해 줄 수 있는 건 없어. 지금 내가 해야 하는 건 내 일을 정리하는 것뿐이야."

"어떤 일이요?"

지미가 물었다. 그들이 작은 집을 지나칠 때 지미는 크랩에게서 눈길을 돌렸다. 세 마리의 고양이가, 검정색 두 마리와 회색한 마리가 계단 난간에 앉아 있었다. 고양이들 뒤쪽의 문간에는 꽃무늬 점퍼를 입은 비쩍 마른 한 여자가 이상한 모양으로 두 팔을 내밀고 서 있었다.

"라이델이 진실을 말하게 해야 해."

크랩이 말했다.

"그 아저씨가 진실을 말하면 아버지가 감옥에서 나올 수 있어요?"

"서류 작업을 마칠 즈음에는……."

크랩의 목소리가 잦아들었다.

"배고프지?"

"아니요."

지미는 거짓말을 했다.

그들은 또 15분 정도 달렸고 크랩이 갓길에 차를 대고 어깨가 구부정한 남자에게 다리가 어느 방향인지 물었다.

"그러니까 '엠' 다리를 말하는 건가?"

노인이 물었다.

"예."

크랩이 대답하며 머리를 끄덕였다.

"두 번째 가로등이 나올 때까지 이 길을 죽 따라가게."

노인이 거리에 침을 뱉었다.

"그런 다음 왼쪽으로 돌아서 캐롤이 나올 때까지 계속 길을 내려가. 캐롤에 닿은 뒤 주유소를 지나치다 보면 다리가 있을 걸세."

"고맙습니다."

크랩이 말했다.

한 블록을 더 가자 다리로 가는 표지판이 보였다.

"네 말대로 조심해야 하니 우선 매리언에게 가야겠지. 라이델은 내가 있는 곳을 알지만, 나타난 건 모를 테니까."

"알았어요."

지미는 계기반의 시계를 보았다. 8시 24분이었다. 테네시 주 멤피스가 막 잠에서 깨어나고 있었다. 이른 아침 거리를 뚫고 지나가는 차들은 낡았고, 많은 차들이 먼지로 덮여 있었다. 노동자들, 작업복을 입은 많은 이들이 자로 잰 듯한 걸음으로 거리를 걸어갔다. 그들이 찾던 주유소에는 자판기 근처에 소형 트럭 세 대

가 주차해 있고, 파란색 커튼 사이로 과체중의 사람들이 커피를
마시고 있었다.

다리에 도착해서 크랩이 차를 멈출 즈음에는, 개 한 마리가 철
로의 종이봉투를 다 뒤지고 난 뒤였다. 두 소년이 다리 옆 울타리
에 기대어 쳐다보고 있었다.

"저기 멤피스가 널 기다리고 있구나. 뉴욕처럼 붐비는 곳들도
있지만, 뒷마당에서는 훨씬 편안할 거야. 멈춰서 세상이 돌아가
는 걸 볼 수도 있고."

크랩이 말했다.

테네시 주 멤피스가 막 잠에서 깨어나고 있는 반면에, 웨스트
멤피스는 여전히 잠을 자고 있는 듯 보였다. 그들은 도로에서 벗
어나 기울어진 듯 보이는 집들을 지나쳤다. 도시 앞쪽에 있는 집
에는 높은 현관들과, 군데군데 떨어져 나간 널빤지들과 어울리지
않는 작은 화분들이 놓여 있었다.

"저걸 봐요."

지미가 많은 집 가운데 한 집의 굴뚝에서 쏟아져 나오는 시커
먼 연기를 가리켰다.

"석탄 난로야. 저 더러운 연기는 석탄임이 분명해. 나무는 깨
끗하게 타지. 때때로 사람들이 들에 가서 저 석탄을 훔친단다.
저렇게 끔찍하게 타는데도 말이야."

도시를 빠져나가자 도회지가 사라지는 듯했고 농촌이 이어지
며 집들 사이의 공간이 넓어졌다. 여기 집들도 도시 집들보다 나
을 게 없었다. 집 뒤로 초록 들판과 노란 줄기들로 이루어진 들이

펼쳐졌다. 지미는 그것들이 옥수수라고 생각했다. 예전에 옥수수가 자라고 있는 사진을 본 적이 있었다. 사진은 밝고 유쾌해 보였었다. 이곳은 그렇지 않았다. 밝았지만 거의 색깔이 없다는 게 딱 맞았다.

"백인 구역은 멋지게 지어졌구나. 홀리데이 인 호텔, 수많은 새 비즈니스 센터가 있을 거야. 거의 멤피스에 가까운 곳이지."

크랩이 말했다.

서부 영화에서 보았던 마을을 떠올리게 하는, 지붕이 평평한 한 줄로 늘어선 빌딩들에 닿을 때까지 그들은 계속 길을 달렸다. 하지만 그곳에 사는 사람들은 마마 진의 집에 사는 사람들과 달라 보이지 않았다. 사람들이 서 있고, 앉아 있고, 빌딩에 기대어 있었지만, 어딘가로 가고 있는 사람들은 아무도 없었다.

크랩이 한 빌딩에 다가가 차를 세웠다. 창문 위에 '블루 라이트'라는 표지판이 걸려 있었다.

크랩이 재빨리 차에서 내리더니, 등의 통증이 왔는지 그대로 얼굴을 찌푸렸다. 지미는 다른 쪽으로 나왔다.

작업복을 입은 건장한 남자가 그들을 쳐다보았다. 그는 작업복 가슴팍에 한 손을 대고 있었다. 그가 쓴 모자의 띠가 땀으로 얼룩져 있었다.

"안녕하시오."

크랩이 고개를 끄덕였다.

남자도 고개를 끄덕이고는 낯선 사람에게 말을 걸어서는 안 된다는 듯 재빨리 길 아래 맞은편을 쳐다보았다. 크랩이 걸어가서 문을 열었다.

블루 라이트의 바닥은 나무로 울퉁불퉁했다. 지미는 발목이 살짝 비틀리자, 다리도 자신도 몹시 지쳐 있다는 걸 느꼈다. 실내 한쪽에 카운터가 있었다. 카운터 뒤 선반에는 밀가루와 쌀 봉지, 콩과 오크라 깡통 들이 놓여 있었다. 카운터 아래에는 그곳을 2/3나 차지하는 금전 등록기가 있었다. 카운터 너머 뒤쪽 벽에는 술병과 유리병들이 있었다. 판매대 위에는 가슴 앞에 떠 있는 심장을 만지는 예수의 사진과 그 옆에 마틴 루터 킹 사진이 걸려 있었다.

넓은 실내 다른 쪽에 테이블이 네 개 있었고, 크랩이 그 가운데 한 곳에 앉았다.

"나쁘지 않지, 그렇지?"

크랩이 미소를 지었다.

지미가 어깨를 으쓱였다.

"내가 소년이었을 때는 말이다."

크랩이 말을 이었다.

"세상에서 할 수 있는 가장 큰 일이 이곳에 앉아 있거나 여기에 있었던 무도장 가운데 한 곳에 가는 거였어. 어쩌면 쳐다보는 사람들이 아무도 없을 때 뒤로 들어가서 술을 마셨을지도 몰라."

"아이였을 때 술을 마시곤 했다고요?"

"조금. 넌 술을 싫어하니?"

크랩이 묻자 지미가 대답했다.

"그냥 놀라워서요."

"아니, 많이 마시지는 않았어. 25센트 동전이 하나 있고 주위에 여자들이나 나이가 더 많은 남자들이 있으면, 가끔 내가 얼마나 컸는지 보여 주기 위해 한잔 사곤 했지. 어떤 녀석들은 그걸 코트 뒤쪽에 넣어 두곤 했어. 그런데 술은 너무나 자극적이고 거칠어서 조심하지 않으면 목구멍 아래로 다 넘기기도 전에 위쪽으로 도로 올라오기도 한단다."

"할아버지가 말씀하셨던 사람이 되고 있었나요?"

지미가 물었다.

크랩은 곧바로 대답하지 않았다. 지미는 크랩이 질문에 대해 생각하고 있다는 걸 알고서, 꼭 그런 질문을 해야만 했을까 생각했다.

"그래. 대충은."

마침내 크랩이 대답했다.

한 여자가 뒤쪽 공간에서 나와, 크랩과 지미를 쳐다보더니 다가왔다.

"무얼 먹을 건가요?"

여자가 물었다.

"스크램블 에그 두 개 주시오. 좀 두툼한 베이컨 있소?"

크랩이 물었다.

"없어요. 하지만 햄은 있어요."

"신선하오?"

"신선해요. 당신 이 지역 출신이에요?"

"이곳 근처에서 살았소. 매리언에 친척들이 있지요."

크랩이 대답했다.

"이 근처에서 당신을 본 것 같았어요. 애야, 넌 뭘 먹을래?"

여자가 물었다.

"시리얼이요."

지미가 대답했다.

"비스킷이 있어. 비스킷 몇 개와 작은 햄을 넣은 흰 그레이비 소스를 줄까?"

여자가 물었다.

지미가 좋다고 대답하자, 여자는 그곳에서 떠났다.

"라이델을 잘 아오?"

크랩이 그녀 뒤에 대고 물었다.

여자가 걸음을 멈추고 크랩을 향해 돌아섰다.

"이따금 여기 들러요. 그 사람 친구예요?"

여자가 물었다.

"예전에 함께 어울렸소."

크랩이 대답했다.

여자가 크랩을 다시 쳐다보고는 뒤쪽으로 향했다.

크랩이 주머니들을 뒤져 검은색의 작은 주소록을 찾아냈다. 그 것을 죽 훑어보다가 마침내 지미에게 이름 하나를 보여 주었다. 라이델 뒤피였다.

"그에게 전화해. 내가 주술사를 찾고 있다고 말하고. 누군가가 날 찾으려고 찾아왔는지도 물어보고."

크랩이 말했다.

"어떤 사람이요?"

지미가 물었다.

크랩이 주소록을 지미에게 밀어 주며 고갯짓으로 전화번호를 가리켰다.

지미는 전화하고 싶지 않았다. 모르는 사람들에게 말을 걸고 싶지 않았으며, 특히 자신이 이해하지 못하는 것들을 말하고 싶지 않았다. 라이델이 주술사가 누구인지 물어본다면 어떻게 대답해야 할지 크랩에게 물어보고 싶었다.

지미는 전화기 앞으로 가서야, 잔돈을 가져오지 않았다는 걸 알고 크랩에게 돌아갔다. 반쯤 돌아갔을 때 주머니에 손을 넣어 잔돈을 꺼내는 크랩을 보았다. 크랩이 잔돈을 테이블 위에 올려 놓았다.

지미는 잔돈을 가져가며 미소를 지었다. 둘 다 아무 말도 안 했다. 하지만 크랩이 빙그레 웃었고, 그 웃음은 지미를 기분 좋게 해 주었다.

"여보세요?"

지미가 전화기 반대편에서 들려 온 목소리에 대답했다.

"거기 라이델 아저씨 있어요?"

"누구니?"

"지미요. 지미 리틀이에요."

라이델을 부르는 소리가 들렸다. 지미는 불안했다. 몸을 돌려 크랩이 자신을 보고 있는지 확인하고 싶었다. 하지만 안 했다. 자신이 이런 일쯤은 너끈히 할 수 있다고 크랩이 생각하게 하고

싶었다. 하지만 그 이유는 몰랐다. 전화하는 게 특별한 일도 아
닌데, 엉망으로 만들고 싶지도 않았다.

"여보세요?"

전화기를 통해 들리는 목소리는 목 쉰 속삭임처럼 들렸다.

"라이델 아저씨세요?"

"그래, 무슨 일이니?"

"크랩이 저보고 아저씨께 주술사를 찾고 있다고 전하래요. 어
떤 사람이 자신을 찾고 있는지도 알고 싶다고 했어요."

지미가 말했다.

"누구라고?"

"크랩이오."

지미가 대답했다.

"크랩 리틀?"

목소리가 높아졌다.

"예."

라이델이 크랩의 이름을 알고 있어서 지미는 기뻤다.

"어디서 전화하는 거니?"

"그러니까 이곳이……."

지미가 주위를 둘러보았다.

"식당 같은데. 블루 라이트요."

"크랩 리틀이 블루 라이트에 있니?"

"예."

"예, 예라."

　잠깐 동안 수화기 맞은편 남자의 숨소리가 들렸다. 지미는 자신에게 무언가를 말하고 있다는 듯 조심스럽게 그 소리에 귀를 기울였다.

　"여기 주술사가 있다고 그에게 말해. 하지만 여기 와서 어떤 짓도 시작해선 안 된다."

　속삭이는 목소리가 대답했다.

　통화가 끝나자 맞은편 수화기에서 딸깍 하고 금속성 소리가 났다. 지미는 살짝 수화기를 내려놓았다. 크랩을 향해 돌아서자, 머리를 살짝 기울이고 앉아, 넓은 이마 아래로 강렬한 눈빛을 내뿜고 있는 그가 눈에 들어왔다. 지미가 테이블로 돌아오자 크랩이 가만히 쳐다보고 있었다.

　"주술사가 거기 있다고 그 아저씨가 말했어요. 그리고 어떤 짓도 시작하지 말래요."

　지미가 설명했다.

　크랩이 고개를 끄덕였다.

　"주술사가 누구예요?"

　지미가 물었다.

　크랩이 손가락으로 커피 컵을 모아 쥐고 거무스름한 액체를 뚫어져라 내려다보았다.

　"여기보다 더 맛없게 커피를 만드는 곳은 캔자스 주 캔자스시티뿐이야. 거기엔 커피를 엉망으로 만드는 방법을 배울 수 있는 특별한 곳들이 있는 것 같다니까."

　크랩이 말했다.

지미가 빙그레 웃었다.

"이제 어디 가요?"

지미가 묻자 크랩이 대답했다.

"주술사를 만나러 가야지. 그분이 뭐라고 하는지 알아봐야 해.
낭비할 시간이 많지 않아."

"주술사가 떠났으면요?"

"아니, 거기 계실 거다. 하지만 라이델이 주위를 살펴보겠지.
그 녀석은 내게 얼마나 비열했는지 알 거다. 당장 내가 여기서 뭘
하려는지 알아내려고 애쓸 테고. 난 주술사에게 가서 어떻게 시
간을 보내면 좋을지 알아봐야 해. 그리고 나서 라이델을 어떻게
처리할지 생각해 보고."

크랩이 대답했다.

크랩이 접시를 밀어 냈다.

"배고프지 않아요?"

지미가 물었다.

"안 고파. 자, 너도 배가 안 고플 거다."

크랩이 이렇게 대답하며 빙그레 웃었다.

"그런 것 같아요."

지미가 대답했다.

"내가 그걸 말하려고 얼마나 오래 기다렸는지 아니?"

"아버지가 배고프지 않다는 거요?"

"너무 오래 기다린 것 같아. 가자."

"그러니까 아버지 배가 고프지 않다는 거군요."

지미가 이렇게 말하고 크랩을 쳐다보며 어깨를 으쓱였다.

"결국 우리 의견이 일치하는 데 몇 분 걸렸구나, 그렇지?"

크랩이 말했다.

그는 몸이 뻣뻣해서 테이블 가장자리를 잡았다. 그러고 나서야 몸을 폈다.

지미는 그들에게 음식을 가져다준 여자를 보았다. 그녀는 카운터에 몸을 기대고 크랩을 쳐다보고 있었다. 고통스러워하는 크랩을 보며 움직이지 않았다. 얼굴 표정도 변하지 않았다. 지미는 잠깐 동안 바닥을 내려다보다가, 문으로 나가고 있는 크랩을 보고 움직였다.

크랩이 문 근처에서 걸음을 멈추고, 주머니에서 구겨진 5달러 지폐를 꺼내서, 테이블 위 여자 팔꿈치 가까이에 올려놓았다.

"이거면 되겠소?"

그가 물었다.

"달걀 좋아하지 않아요?"

돈을 받으며 여자가 물었다. 그녀의 살진 손 안으로, 검고 마디가 굵은 손가락 안으로 들어간 지폐가 다시 구겨졌다.

"너무 덥소. 그게 식욕을 없애는구려."

크랩이 말했다.

"당신은 오랫동안 여기 없었잖아요. 다시 익숙해질 거예요."

여자가 대꾸했다.

"그럴 거요."

크랩이 말했다.

　잠시 후에 그들은 길을 나섰다. 2킬로미터 남짓 갔을 즈음 지
미가 언제 주유소에 닿을지 물었다.

　"화장실에 가야 해요."

　지미가 말했다.

　"앉아서 볼일 보니?"

　"아니요."

　지미가 대답했다.

　크랩이 자동차를 세우고 엔진을 껐다. 지미가 내려서 나무 뒤
로 갔다. 지미는 소변을 보면서 주위를 둘러보았다. 진짜 시골이
었다. 그림책에서 본 낡은 집처럼 보이는 집들이 있었다. 책 속
의 집들은 관심을 끌거나, 언뜻 보아도 아름다워야 했을 거다.
하지만 이 집들에는 사람들이 살고 있었다. 그들은 주머니에 양
손을 넣고 현관 앞에 서 있는 사람들이었다. 지미는 그 누구도 결
코 그들의 손을 본 적이 없을 거라고 생각했다. 이따금 여자들도
있었다. 집 앞에서는 가끔 아기들이 기어 다니기도 했다. 차들은
많지 않았고, 집들은 길에서 쑥 들어가 있었다.

　지미는 옷을 여미고 차로 돌아갔다. 그동안 줄곧 둘이 이야기
를 나누고 있었다는 듯이 크랩이 말하기 시작했다.

　"네가 아프면, 주술사가 의사처럼 많은 도움을 줄 거야. 때로
는 어떤 병인지에 따라 더 많은 도움을 주고."

　크랩이 말했다.

　"어떤 병이요?"

　지미가 물었다.

"내 콩팥에 생긴 병 같은 거."

"일반 의사에게 갔었어요?"

"물론 갔지. 약간의 휴식과, 약간의 약물 치료가 필요하단다. 어쩌면 싹 쓸어버려야 했을지도 모르지."

크랩이 대답했다.

"라이델 아저씨 목소리가 웃겼어요."

지미가 말했다.

"비열한 목소리?"

"예."

"그 녀석은 처음 알았을 때부터 죽 그 비열한 목소리로 말해 왔어. 아이였을 때 그 녀석과 구슬을 갖고 놀곤 했단다. 내가 녀석의 구슬을 따면 계속해서 비열한 목소리로 그것들을 돌려 달라고 졸라 댔지. 그러면서 늘 아무렇지도 않았어. 가끔 난 상황이 달랐다면 우리가 어떻게 되었을까 궁금하단다."

크랩이 말했다.

"예를 들면요?"

가죽과 뼈뿐인 노새가 지나갈 때 지미가 몸을 돌렸다.

"이런저런 일이 일어났다면 말이다. 잘 모르겠구나. 말썽에 휘말린 후에나 생각할 시간들을 가졌어. 말썽에 휘말리기 전에 생각할 시간을 가졌더라면 어땠을까? 감옥에 가서야 자신의 삶에 대해 생각해 볼 시간을 갖게 되다니. 정말 우습지. 출소해서 시간을 이용할 수 있을 땐 정신없이 바쁘게 이런저런 일들을 해치우고 말이지."

크랩이 대답했다.

"세상 일이 맘대로 안 돼요."

지미가 말했다.

"다 큰 어른 같구나."

크랩이 이렇게 말하며 지미의 무릎을 툭 쳤다.

"잠시 후에 차 마시러 어디든 들러야 할 것 같아."

"어쩌면요."

지미는 편안하고 긴장이 풀리는 느낌이 들었다. 크랩이 라디오를 켜고 블루스를 연주하는 방송국을 찾자 지미는 시트 머리 받침에 머리를 기댔다.

10

"매리언에 가기 전에 어디 들러서 물건들을 좀 사야겠지?"

크랩이 물었다.

"예, 매리언에선 호텔에서 지낼 거죠?"

지미가 물었다.

"아니. 아는 사람들과 있을 거다."

크랩이 대꾸했다.

거의 30분 동안 달렸다. 크랩이 아이였을 때 갔었던 곳들을 손가락으로 가리키자 지미는 그곳에 있었던 크랩의 모습을 상상해 보았다.

그들이 타운 앤 컨트리 드라이브 인 서비스라는 곳에 도착했을 때는 거의 두 시였다. 크랩이 양손으로 운전대를 꼭 잡고서 차에서 먼저 내리더니, 얼굴을 찡그리며 거세게 숨을 내쉬었다.

"들어가서 먹을 걸 좀 사 올까요?"

지미가 물었다.

"그래. 크래커와 치즈 같은 걸 좀 사자."

크랩이 대답했다.

크랩이 주머니를 뒤지기 시작하자, 지미는 바지를 걷어 올리고 마마 진이 준 돈을 꺼냈다.

"이거요."

지미가 말했다.

"어디서 났니?"

크랩이 나직이 물었다.

"마마 진이 줬어요."

크랩이 고개를 끄덕이고는, 주머니를 뒤져 돌돌 만 지폐 뭉치를 꺼냈다.

"나중에 그 돈이 필요할 경우를 대비해 잘 넣어 둬."

크랩이 말했다.

지미는 크랩에게 돈을 받아 퀸스라는 가게에 들어갔다. 가게에 있는 동안 마마 진 생각이 났다. 지미는 쇼핑 카트를 발견하고 그것을 밀고 가게를 다니며 치즈, 크래커, 감자 칩, 볼로냐소시지 한 상자와 여섯 개들이 탄산음료를 샀다.

지미는 값을 치르고 물건은 직접 봉지에 넣었다. 카운터 뒤에서 일하는 여자는 비쩍 마른 여자였다. 여자 가슴 위를 가로지르는 뼈를 보면서 지미는 자기한테는 그 뼈가 없다고 생각했다. 그녀가 미소를 지어서 지미도 미소를 보여 주었다.

창밖을 내다보니 차가 안 보였다. 봉지를 내려놓고 공중전화 박스 안으로 슬며시 들어갔다. 그녀의 목소리를 듣게 될 때까지 지미는 다이얼을 돌리고 꽤 오래 불안한 시간을 기다렸다.

"마마 진?"

"지미? 정말 너니, 지미?"

"응. 우린 아칸소에 있어."

"아칸소?"

"어."

지미는 그녀의 목소리를 들어서 기뻤고, 그녀가 집에 있어서 좋았다.

"여긴 크랩이 어렸을 때 살았던 곳이래."

"잘 지내니, 아가야?"

"난 괜찮아. 아주 좋아. 그런데 크랩이 아픈 것 같아."

지미가 말했다.

"네게 돈이 있다는 거 크랩이 모르지, 그렇지?"

"아니, 알아. 내게 잘 넣어 두라고 했어."

지미가 말했다.

"필요한 게 있으면 전화해. 웨스턴 유니온(160년 된 미국에 본사를 둔 금융, 통신 회사로, 전 세계 200여 나라에서 개인 송금, 기업 지출과 무역 업무를 대행하고 있다: 옮긴이)으로 돈을 보낼 테니까. 지미야, 난 늘 네 생각을 해. 너도 마마 진이 보고 싶니?"

"보고 싶어 죽겠어. 여기 일이 끝나면 아마 뉴욕으로 돌아가서 다 함께 살게 될 거야. 어때?"

"곧 보자, 아가야."

"마마 진?"

"지미?"

"이제 가야 해. 내가 잘 지내는지 마마 진에게 전화로 알려 줄게. 사랑해."

"지미……, 아가야……. 나도 사랑해."

마마 진이 말했다.

"안녕."

지미가 말했다.

"안녕, 아가야."

작별 인사를 하는 마마 진의 목소리에 울음기가 배어 있었다. 지미를 혼란스럽게 하고, 지미의 가슴을 벅차오르게 하는 울음. 지미도 울 뻔했다.

지미는 울지 않았다. 마마 진을 사랑했다. 지미는 마마 진을 사랑했지만, 크랩도 좋았다. 마마 진을 좋아하는 것만큼은 아니지만, 그가 좋아지기 시작했다.

지미가 밖으로 나왔을 때 크랩은 차 뒤쪽 가까이 서 있었다.

"마마 진에게 전화했어요."

지미가 말했다.

"뭐라고 말했니?"

크랩이 물었다.

"별거 없어요. 제가 어떻게 지내는지 알고 싶어 했어요."

지미가 말했다.

"나에 대해서 뭐라고 말했니?"

"잘 모르겠어요. 마마 진이 이따금 어떻게 걱정하는지 알잖아요."

"시원한 것 좀 마시자. 아스피린 있지?"

크랩이 물었다.

"예, 글러브 박스에 있어요. 더 아파요?"

"아니, 아픈 건 늘 같아. 자, 약을 갖고 탄산음료를 마시러 가자."

크랩이 말했다.

"물건들을 트렁크에 넣고 잠글까요?"

"아니, 여긴 아칸소야. 여기선 모든 걸 자물쇠로 채우지 않아도 돼. 뒷자리에 그냥 둬."

크랩이 말했다.

지미는 뒷자리에 봉지를 넣어 두고 글러브 박스에서 아스피린을 가져왔다.

탄산음료 가게의 냉기는 기분이 좋았다. 칸막이들 한 곳에 한 무리의 백인 아이들이 있었다. 한 남자아이의 어깨에 큰 해골 문신이 있었다.

"내가 아이였을 때라면 넌 여기에 들어올 수도 앉아서 탄산음료를 마실 수도 없었어. 안에 들어와서 카운터에서 음료를 사서 갖고 나갈 순 있었지만, 그게 할 수 있는 전부였으니까."

크랩이 칸막이 한 곳으로 슬며시 들어가며 말을 이었다.

"그때는 자리가 없었어요?"

크랩이 지미를 한 번 쳐다보고는 눈길을 돌렸다가, 다시 쳐다보았다.

"인종 차별이라는 말 한 번도 들어 본 적이 없니?"

"있어요. 들어 봤어요."

크랩의 목소리가 비난하는 듯했기 때문에 지미는 살짝 기분이 상했다.

"그게 뭐니?"

크랩이 물었다.

"마틴 루터 킹 목사님을 좋아하지 않았을 때 있었던 일이잖아요. 흑인들에게 선거권도 안 주고, 뭐 그런 거 아니에요?"

지미가 묻자 크랩이 설명했다.

"그건 세상 사람을 백인과 흑인으로 나누던 때의 일이야. 하찮은 일에도 자신이 어떤 존재인지 확실히 잊지 못하게 만들지. 탄산음료를 바깥으로 가져가서 마셔야 하는 그런 일들."

크랩의 머리가 카운터 쪽으로 홱 움직였다가 재빨리 외면했다. 눈길을 돌렸다가 지미는 금전 등록기 앞의 남자에게 말을 거는 경찰을 보았다. 지미는 긴장했다.

"나갈까요?"

지미가 조용히 물었다.

"아니."

크랩이 대답했다.

아이스티를 주문 받은 웨이트리스는 눈이 예쁘고 코에 주근깨가 있었다. 명찰의 이름이 '스프링'이었다.

기다리는 동안 크랩은 메뉴판을 보았고, 지미는 그가 경찰에 대해 불안해하는지 궁금했다. 아이스티를 가져와서 맛을 보았는데 달지 않았다. 지미는 설탕을 넣고 여자가 가져온 빨대로 휘저었다. 경찰이 십대 아이들에게 다가가고 있었다. 경찰이 뭐라고 말했지만 지미에게 들리지는 않았다. 한쪽 발을 올리고 서 있던 문신을 한 남자애가 발을 내려놓았다.

경찰이 주위를 둘러보다가, 지미와 눈이 마주치자 그들에게 다가왔다.

"안녕들 하시오?"

경찰은 총알이 두 줄로 달린 가죽 벨트를 차고 있었다.

"예."

지미가 대답했다.

"당신들 여기 출신이오?"

경찰이 물었다.

"포레스트요. 지난 몇 년 간 뉴욕에서 살았어요. 포레스트에 사는 친척들을 만나러 가는 길이랍니다."

크랩이 대답했다.

"뉴욕에서 몇 년을 보냈다면 당신들 꽤나 거칠겠소."

경찰이 이렇게 말하며 다시 지미를 쳐다보았다.

"전 그렇게 거칠지 않아요."

지미가 대답했다.

"당신은 어떻소? 틀림없이 꽤 거칠 것 같소만. 포레스트 출신에 뉴욕으로 이사를 했으니. 난 포레스트도 갔었고 뉴욕에도 갔다 왔소. 포레스트는 뉴욕과 비슷하지."

경찰이 크랩을 빤히 쳐다보았다.

"맞아요."

크랩이 아이스티를 내려다보았다.

"어이, 뉴욕 남자인 당신들, 포레스트에서 말썽에 휘말리지 마시오."

경찰이 말했다. 그러고는 몸을 돌려 금전 등록기 앞의 직원을 향해 고개를 끄덕이고 떠났다.

그들이 아이스티를 다 마시자 지미가 돈을 냈다. 크랩이 화장실에 가자, 지미는 문 앞에서 그를 기다렸다. 크랩은 시간이 오래 걸리는 듯했고, 금전 등록기 앞의 남자는 지미를 계속 쳐다보고 있었다. 지미가 미소를 짓자 남자가 외면했다.

크랩이 화장실에서 나왔고 둘은 차로 갔다. 지미가 뒷자리로 눈길을 돌리자 아까처럼 그 자리에 있는 봉지가 보였다.

"좀 더 움직여 보자."

크랩이 말했다.

둘은 쇼핑센터에서 나와서 '여기는 미국 − 나는 미국을 사랑한다 − 그렇지 않은 당신 − 지옥에나 가라!' 라고 쓴 표지판을 지나갔다.

"여긴 사람들이 많이……."

크랩이 지미에게 조용히 하라고 손을 들었다. 그러면서 백미러를 보았다.

"그자가 우릴 쫓아오고 있어."

크랩이 말했다.

"누구요?"

"탄산음료 가게에 있던 그 경찰."

크랩이 대답했다.

"그가 쫓아온다고요?"

"아니. 그런 것 같지는 않구나. 다른 시에서 여기로 왔다고 하니 경찰이 경계를 하는 거야. 얼마간 날 따라오면서, 내가 말한 곳으로 가고 있는지 확인하고 나서 방향을 돌릴 거야."

크랩이 말했다.

"우리가 어디로 갈 거라고 했어요?"

"포레스트."

크랩이 또다시 백미러를 힐끗 들여다보며 대답했다.

"내가 그 지역을 안다고 경찰에게 알리고 싶었을 뿐이야. 여기선 그냥 낯선 사람을 뱀처럼 보려고만 하거든."

크랩이 제한 속도에 맞춰 속도를 낮추며 지미에게 풍경을 보여 주었다. 주택들이 좋아졌다고 말했는데, 낡았지만 새롭게 보이는 집들과 처음 지었을 때의 오래된 집들이었다.

"사람들이 오래된 나무들을 가져다 집을 지을 수 있는 곳이면 어디든 집을 지었어. 이미 다져 놓은 토대를 발견하면, 그러니까 땅속에 시멘트를 퍼부었거나 물의 영향이 적어 박아 놓은 말뚝이 가라앉지 않는 그런 튼튼한 매립지 말이야. 그러면 땅을 거저 얻은 거나 마찬가지였지. 아무튼 넌 그런 곳에 살 집을 짓거나 아니면 도시가 부르는 소리에 귀를 기울이게 되지."

"무슨 말이에요?"

지미가 자리에서 몸을 반쯤 돌리며 물었다. 바로 뒤에서 크랩이 말했던 회청색 차가 그들을 따라오고 있었다. 차는 그들이 가고 있는 차선에 있었다.

"네게 돈이 있다면 이 주위 어딘가에 가서 집을 짓고 싶을 거라고. 하지만 그래도 도시가 부르는 소리가 계속 들릴 거야."

"뭐라고 말해요?"

"뭐라고 말하느냐고? 도시가 '빨리 여기로 와서 돈을 많이 버는 직업을 구하고 환한 불빛 속에 앉아서 백인 꿈을 꿔 봐.' 라고 말하지."

크랩이 지미를 빤히 쳐다보며 계속 말했다.

"그리고 넌 그 말이 사실이 아니라는 걸 알지만 너무 달콤해서 그냥 지나치지 못하고."

"아버지에게 일어난 일이 그거예요? 그것 때문에 도시에 갔어요?"

지미가 물었다.

"아니, 난 돈이 없었어. 군대에 갔고, 다른 사람들이 여기 사는 흑인들처럼 살지 않는다는 걸 알고 나서는 여기 사는 나 자신에게 만족할 수가 없었지."

"경찰이 아직도 우릴 따라오고 있어요."

지미가 말했다.

"그래, 뭔가 알아냈다면 우릴 멈춰 세울 거다."

크랩이 말했다.

"그러면 어떤 일이 일어나요?"

"그러면 경찰이 우리에게 다가와서 차에서 내리라고 하겠지."

크랩이 대답했다.

"아니요. 그러니까 아버지가 여길 떠난 뒤 말이에요. 어떤 일이 일어났어요?"

지미가 머리를 흔들었다.

"필요한 온갖 변명거리를 찾았지. 그리고 그것들이 만족스러웠고."

크랩이 대꾸했다.

"경찰이 다가오고 있어요."

지미가 차 앞쪽으로 몸을 돌리며 말했다.

"그냥 경찰에게 활짝 웃어. 아마도 방향을 틀기 전에 한 번 더 보려는 걸 거다."

크랩이 말했다.

경찰 표시가 없는 경찰차가 바짝 붙자, 크랩이 손을 흔들며 경찰에게 이가 보이도록 활짝 웃었다. 경찰이 고개를 끄덕이고 손을 흔들며 앞으로 나아갔다. 그는 다음 출구에서 방향을 틀었고, 크랩은 유턴할 곳을 찾을 때까지 계속 앞으로 갔다.

"경찰이 어떻게 할지 알고 있었네요."

지미가 말했다.

"내가 아는 건 경찰을 어떻게 처리하는지야. 넌 뭘 보고 웃었니?"

크랩이 물었다.

지미가 어깨를 으쓱였다. 크랩이 갑자기 화가 난 듯했다. 지미
가 크랩을 화나게 하는 말을 한 것 같았다. 하지만 어떤 말이었는
지 알지 못했다.

한동안 지미는 크랩을 알기 시작했다고 여겼다. 딱 그들 둘이
서, 그와 함께 차에 타고서 크랩이 몇 년 전에 했던 일들에 대해
이야기를 나누는 것이 좋았다. 경찰의 행동을 예측했던 크랩의
말이 딱 맞아서 좋았었다. 좀 웃기지만 크랩이 괴로워했기 때문
에 그것도 좋았다. 어느덧 몇 킬로미터를 더 운전해서, 그들은
아까 왔었던 그곳에 닿았다. 크랩은 낯선 사람이었고, 마마 진과
집에서 멀리 떨어진 지미 또한 이방인이었다.

"이제 매리언에 갈 거다."

영원처럼 느껴지는 시간이 지난 후에 크랩이 알렸다.

"저 너머에 멋진 농장이 보일 거다. 흙이 얼마나 검은지도 보
이고. 거기엔 먼지가 없어. 흙에 먼지가 있으면 그건 기름지지
않다는 말이야. 네가 키우는 모든 건, 저 너머를 봐. 바람이 흙을
어떻게 날려 버리는지 봐."

지미가 눈을 돌리자 땅에서 올라갔다가 다시 재빨리 내려와 가
라앉는 작은 먼지 소용돌이가 보였다. 흙이 검은색인 다른 쪽에
는 검붉은 색으로 테를 두른 하얀 집과 작은 건물들이 있었다. 먼
지가 휘날리는 곳의 건물들은 꼭대기가 회색이고 아래쪽은 먼지
와 같은 색이었다. 먼지가 건물을 끌어내리고 있는 것 같았다.

나무와 벽돌로 지은 주택 단지가 있어서, 그들은 그곳을 지나
가면서 속력을 늦추었다. 몇 명의 흑인들이 그들에게 손을 흔들

었다. 백인들은 일리노이 주 번호판을 쳐다보았지만 차가 지나갈 때 흑인인 줄 인식하지 못하고 쳐다보았다.

"이 사람들 중에 내가 아는 이들이 있단다. 지금 당장 이름이 생각나지 않지만 그들을 알고 있지."

크랩이 차를 갓길로 끌고 가서, 재빨리 세우고는 후진 기어를 넣었다. 모퉁이에 다다를 때까지 길 아래로 후진하기 시작했다. 지미는 거리를 내려다보다가 그들을 쫓아왔었던 경찰을 보았다. 그는 자신의 차 가까이에 서서, 그들을 등지고 탄산음료를 마시고 있었다.

"경찰이 우리와 정반대로 갔구나."

크랩이 모퉁이 주위로 차를 살짝 움직이며 말했다.

그가 차를 빙 돌려 길 아래로 움직여서 사이프러스 나무들 뒤에 주차했다.

그들이 아직 매리언에 있다고 크랩이 말했지만, 그들이 간 곳은 지미가 모르는 곳이었다. 여기저기 겨우 몇 채의 건물이 있을 뿐이었다. 지미는 그것들을 집이라고 부르고 싶지도 않았다.

"그가 여기 나타난다고 생각해요?"

지미가 물었다.

"여기 나타나지 않을 거다."

크랩이 대답했다.

잠시 후 경찰차가 떠나는 모습을 보자, 크랩이 또다시 출발했다. 하늘에 강한 비구름이 있어서 하늘이 어두워졌다. 크랩이 라이트를 켰다. 거의 10분 동안 차를 타고 가는데, 다른 주택 단지가 이어졌고, 그들은 그 가운데 한 곳에 멈추었다.

"이곳은 '더 쿼터스(2차 세계 대전 주택 단지: 옮긴이)'라고 해."

크랩이 말했다.

지미는 그들이 멈추어 선 근처 집 현관에 사람들이 앉아 있는 걸 보았다. 밖으로 나가는 크랩을 보자 지미도 차에서 내렸다.

"거기 누구요, 테일런가?"

나직한 여자 목소리가 어둠 속에서 들렸다.

"아니요. 나예요, 크랩."

"크랩? 크랩 리틀?"

목소리가 반응했다.

"제시, 불 좀 가져와."

문이 열리고 비쩍 마른 여자애가 전기스탠드를 들고 나왔다. 그 애가 그것을 내려놓고 불을 켰다.

크랩이 현관에 올라갔다. 머리를 한쪽으로 기울이고 미소를 지었다.

"설마 냄비에 겨자 잎이 없다고 하지 말아요."

크랩이 말했다.

"있어, 조금……. 제시, 가서 상 좀 놔라. 얘는 누구야?"

"제 아들이에요. 나와 돌리의 아들이요."

크랩이 말했다.

"설마, 세상에나!"

여자는 이마 한쪽으로 내려오는 가발을 쓰고 있었다.

"제시, 접시는 두 갤 놓아라. 바람 좀 쐬려고 여기 나와 있었어."

"비가 올 것 같아요."

크랩이 말했다.

"비는 안 올 거야. 작년 겨울 이후로 무당벌레를 적셔 줄 만큼도 내리지 않았어. 자네 아들 이름이 뭐야?"

"이런, 미안해요. 미스 매켄지, 이 앤 지미예요. 지미, 미스 매켄지시다."

"안녕하세요, 아주머니."

"그래, 안녕."

미스 매켄지가 말했다.

"우린 하루 종일 근처를 돌아다녔어요."

"자네 이 더위에 하루 종일 돌아다니느라 힘들어서 틀림없이 여기 오고 싶었겠군. 브라운 목사님이 돌아가셨다는 말 들었어?"

그녀가 대꾸했다.

"O. C. 브라운 목사요?"

"아니, 그분은 벌써 갔고. 매리아나에 있는 베델 교회의 루이스 브라운 목사님 말이야. 아차, 자네가 여길 떠난 지 얼마나 오래됐는지 잊고 있었네."

"맞아요, 꽤 됐죠."

크랩이 말했다.

"자네가 우릴 잊지 않아서 기뻐. 세상 대부분은 우리가 여기 산다는 걸 모르는 것 같거든. 우리 여동생도 지도에서 봤대. 사람들이 바셋에서 완전히 떠났다네. 그거 정말 대단하지 않아?"

"정말 대단해요."

"좀 들어오지 그러나?"

"오늘 밤 급히 가야 할 데가 있어요."

크랩이 주머니에서 돈을 꺼내며 말을 이었다.

"우린 한 이틀 지낼 방을 찾고 있어요."

"자넨 언제나 여기서 지내도 돼. 그나저나 어디에 갈 건가?"

여자가 물었다.

"주술사를 만나러 가야 해요. 몇 가질 확인해야 하거든요."

크랩이 대답했다.

"자네도 주술사가 있는 곳을 알 거야."

미스 매켄지가 말했다.

제시가 채소, 얇게 썬 돼지고기와 감자 샐러드를 담은 접시 두 개를 차려 놓았다. 크랩과 지미는 부엌에서 먹었다. 그곳의 앞쪽에 '블랙 다이아몬드'라고 적힌 낡은 가스레인지가 있었다. 식탁보에는 눈사람들과 크리스마스트리가 놓여 있었다.

제시는 지미 또래로 보였다. 깨끗한 검은 피부와 거의 동양인처럼 보이는 눈을 가진 아름다운 소녀로, 그들이 도착한 뒤로 말을 하지 않았다. 지미는 자신을 쳐다보는 소녀의 시선을 깨닫고 있었다. 부엌과 거실 사이에 네모난 공간이 있었다. 거실 쪽에 커튼이 올라가 있어서, 지미는 소녀를 볼 수 있었다. 성경책처럼 보이는 책의 양옆에 세워 놓은 초에서 나오는 어른거리는 불빛에 소녀의 모습이 부드러워 보였다. 부드러운 불빛이 소녀를 검은 천사처럼 보이게 했다. 지미는 자신의 어머니 같다는 생각을 했다.

"주술사는 어떤 사람이에요?"

지미가 물었다.

"일종의 의사다. 전에 말해 주었지."

크랩이 대답했다.

"아, 맞아요."

지미가 말했다.

크랩이 천천히 음식을 먹어서 지미도 천천히 먹었다. 지미는 자신이 얼마나 배가 고팠었는지 모르고 있었다. 채소와 돼지고기를 다 먹었는데도 여전히 배가 고팠지만, 아무 말도 안 했다.

소녀가 여전히 지미를 쳐다보고 있었다. 식사를 마치고 주술사에게 가려고 나설 때에도, 비록 소녀를 쳐다보지는 않았지만, 지미는 자신을 쳐다보고 있는 소녀의 눈길을 느낄 수 있었다.

11

주술사의 집은 다른 집들과 달라 보였다. 계단 위에 덧댄 판자가 일종의 경사로를 만들고 있었다. 어두워서 집이 자세히 보이지 않았다. 툭 튀어나온 주석 지붕 너머 밤하늘에 환한 허연 반달이 음산하게 걸려 있었다. 거무스름해진 베란다 바닥 주변의 모래흙에 지미의 발이 미끄러졌다.

크랩이 걸음을 멈추었다. 지미는 그가 주술사를 부를 거라고 예상했지만, 크랩은 소리치지 않았다. 그냥 어둠 속에서 기다렸다. 지미는 크랩을 올려다보았다가 흰자위가 전보다 훨씬 더 커졌다는 걸 알았다. 지미는 그에게 더 가까이 다가갔다.

"거기 누구요?"

그들이 딛고 선 흙처럼 기운이 없고 메마른 목소리였다.

"접니다, 크랩!"

"누굴 만나고 싶나?"

"하이 존 어르신입니다."

"올라오게."

크랩이 앞으로 향하자 지미는 되도록 그와 몸이 닿지 않게 가까이 서서 함께 걸어갔다. 그들은 계단으로 가서 위로 올라갔다. 그들의 오른쪽에서 한 줄기 달빛이 문 안을 넓게 비추었다. 지미는 크랩에게 먼저 들어가라고 했다.

"오랜만일세, 크랩."

하이 존이 말했다.

"예."

"자네가 아픈 거 아네. 앉게. 차 좀 줄까?"

하이 존이 말했다.

"그래도 괜찮을는지요. 어르신께 드릴 게 많지 않습니다."

크랩이 말했다.

"그게 언제 내게 문제가 되던가?"

하이 존이 가스레인지를 향해 몸을 돌리며 낮은 목소리로 이어 말했다.

"사람들은 하이 존을 잊었다네. 도시 병원에 가서 자신이 살든 죽든 상관하지 않는 사람들에게 돈을 갖다 바치고 있지. 자네는 그들이 사람에게 영혼이 있다는 걸 안다고 생각하나?"

"가끔 저도 궁금합니다."

크랩이 대답했다.

하이 존이 가스레인지에서 물을 가져다가 파란색 에나멜 컵 안에 부었다. 그러고는 가스레인지 뒤에서 다른 컵을 가져다가 먼저 컵 옆에 놓았다.

"그 애도 차를 마시나?"

"아니요."

지미가 대답했다.

하이 존이 두 번째 컵에 물을 따랐다. 방 안이 낯설면서 달콤한 차 향기로 가득 찼다. 그는 작고 늙은 남자였다. 얼굴은 검은 호두나무처럼 까맸고, 깊게 주름이 패어 있었다. 얼굴이 몹시 늙었고, 세월에 깊은 주름이 졌으며 몸이 여위었다고 해도, 눈은 더 늙어 보였다.

그가 자리에 앉자 테이블 끝에 올려놓은 작은 램프의 불빛이 그의 어두운 동공에 어른거렸다. 하이 존이 컵을 입술로 올리고 차를 마시면서 눈을 감았다.

"침대에 돈을 놓게."

그가 차를 다 마시자 말했다.

크랩이 일어나서 방을 가로질러 걸어갔다. 침대 위에 누비이불이 있었고 크랩이 그 위에 돈을 내려놓았다. 그러고는 테이블로 돌아와서 하이 존이 내준 차를 마시기 시작했다.

"아들과 함께하려고 고향에 왔나?"

하이 존이 물었다.

"뉴욕에서 저랑 함께 왔습니다."

크랩이 대답했다.

"아들을 여기 데려왔다니 기쁘군. 남자는 아들에게서 평화를 찾고, 여자는 딸에게서 인생을 찾는 법이지. 그렇게 하는 건 옳은 일이라네, 안 그런가?"

하이 존이 물었다.

크랩이 지미를 건너다보았다.

"옳으신 말씀입니다, 하이 존 어르신."

"그렇게 하는 건 옳은 일일세."

하이 존이 말했다. 그는 크랩에게서 떨어져 테이블 끝에 앉아 있었다. 양손으로 컵을 모아 쥐고서 자신에게 더 가까이 당겼다. 차에서 피어오르는 수증기가 그의 얼굴 앞에서 어른거렸다.

"자네가 태어난 곳, 자신에게서 비롯된 것을 보기 위해 집에 왔군."

"여쭐 말씀이 있습니다, 하이 존 어르신."

크랩이 말했다.

"나에게 어떤 것도 물을 필요가 없네."

하이 존이 말을 이었다.

"아주 먼 곳에서 왔을 때 자네는 이미 답을 얻은 걸세. 장막과 구름이 있을 뿐. 때로는 아이가 눈에 장막을 친 채 태어나서 다른 쪽을 본다네. 성인이 자신의 눈에 구름을 키워서 자기 손으로 한 일이나 자기 마음속 진실을 못 볼 때도 있고."

하이 존이 말했다.

침묵. 한동안 침묵이 흘렀다. 그들 앞에 있는 나무 테이블 위에 무게를 더하며 쌓여 가는 시간의 침묵. 그때 옆방에서 윙윙거리며 돌아가는 게으른 선풍기 소리와 그 소리 너머로 창문 저편에서 더 부드러운 생명체의 윙윙거림이 들렸다.

메뚜기가 테이블 위에 내려앉았다. 찰나처럼 가냘픈 몸체가, 그 형체가 세 사람 사이에 놓인 침묵처럼 가만히 앉아 있었다.

선풍기 소리가 지미의 관심에서 서서히 희미해지며, 메뚜기에게로 옮아갔다. 메뚜기가 자세를 바꾸자, 얇은 선들이 납작한 구리 접시를 향해 테이블을 따라 믿기지 않게 움직였다. 메뚜기가 멈추자, 그 모습이 침침한 불빛에 거의 보이지 않았다.

크랩이 말했다.

"전 멀리 떨어져 있었습니다. 하이 존 어르신. 감옥에 있었습죠. 그리고 그곳에 저의 모든 걸 남겨 놓았습니다. 이제 문제를 해결하기 위해 막 매리언에 왔습니다."

크랩이 말을 멈추고 머리를 아래로 떨어뜨리자 가슴이 부풀어 올랐다.

"계속하게, 친구."

하이 존이 말했다.

"전 잠깐이 아니라 오랫동안 아팠는데······."

크랩이 또다시 말을 멈추자, 이어진 침묵에 그가 한 말들이 가라앉았다. 차를 마실 때 그의 손이 떨리고 있었다.

하이 존이 자리에서 일어나 테이블을 빙 돌아서 침대로 갔다. 그러고는 이불보를 폈다.

"저 이불보는 남북 전쟁이 일어나기 오래전 힘겨운 시기에 만들어졌다네. 그들이 무엇 때문에 이렇게 예쁜 것을 만들었을까 생각하지는 말게. 그들이 어디에서 예쁜 물건을 얻었는지도 생각

말고. 그것은 이 늙은 하이 존이 이 지구에서 찾아내려고 기다리고 있는 유일한 것이지. 나도 몰라. 때로는 존재할 거라고, 때로는 존재하지 않을 거라고 생각한다네. 자 이리 와서 좀 쉬게."

하이 존이 이불보를 가볍게 툭툭 치며 말했다.

크랩이 일어서서 침대로 갔다. 그러고는 침대에 누워 양손을 배 위에 가지런히 모았다.

"어디가 아픈가?"

하이 존이 물었다.

"여깁니다."

크랩이 허리 부분 잘록한 등의 한 곳을 짚었다.

지미는 가만히 살펴보다가, 하이 존이 얼마나 작은지, 작은 다리와 팔이 달린 거의 몸통뿐인 모습을 처음으로 보았다.

하이 존이 크랩의 등을 만지자, 흠칫 헐떡이는 숨소리가 났다.

"얘야, 그 램프 좀 여기로 가져오련?"

하이 존이 뒤를 가리켰다.

지미는 처음에 그가 자신에게 말을 걸고 있다는 걸 깨닫지 못했다가, 이내 상황을 알아채고서 벌떡 일어났다. 지미가 램프를 들어서 하이 존에게 가져갔다.

"눈을 감게."

하이 존이 크랩에게 속삭이듯 말했다.

크랩이 눈을 감자 하이 존이 눈꺼풀을 젖혔다. 지미는 침대 끝에 서서 하이 존의 팔 너머를 보려고 머리를 들었다. 크랩의 눈이 보였다. 눈은 대부분이 노란색이었다. 틀림없이 램프의 불빛에 반사되어 노랗게 보이는 거라고 생각했다.

"심호흡을 할 수 있겠나?"

크랩이 되도록 깊이 숨을 쉬었다. 지미도 숨을 들이마셨다. 크랩을 위해서 대신 숨을 쉬고 따뜻한 밤공기를 들이켜고, 필요하다면 아칸소의 공기를 절반이라도 들이마시고 싶었다.

"이곳이 좀 아플 걸세."

노인이 말했다.

하이 존이 크랩의 팔을 죽 따라 더듬어 가다가 겨드랑이 안으로 손가락을 집어넣었다. 하이 존이 푹 찌르자 크랩의 온몸이 파르르 떨렸다. 크랩이 하이 존의 팔로 손을 뻗더니 그를 제지했다. 하이 존이 머리를 끄덕이며 입술에 침을 발랐다.

"가서 차를 마저 마시게."

하이 존이 말했다.

지미는 몸을 돌려 테이블로 돌아가서는 아까 앉았던 자리에 앉았다. 크랩이 천천히 일어났다. 지미를 쳐다보면서 팔을 가볍게 토닥였다.

"예전에 주술사를 한 번도 본 적이 없지, 그렇지?"

"없어요."

지미가 크랩의 미소에 안심하며 대답했다.

"어디에 머물고 있나?"

하이 존이 크랩에게 물었다.

"미스 매켄지 집입니다."

크랩이 대답했다.

"전에 내가 그 여인하고 거의 결혼할 뻔했다고 말했던가?"

하이 존이 물었다.

"설마요!"

"정말이라네, 약 50년 전일세. 유럽에 전쟁이 언제 있었지? 그 즈음이네. 그녀는 해리슨 레드우드라는 남자와 결혼을 했어. 당시 이 주변에 사는 흑인 남자들 절반이 레드우드라는 성을 가졌지. 아무튼 그 남자가 해군에 입대했고 워싱턴 주 푸젯 사운드 만(미국 워싱턴 주 북서부 태평양에 연해 있는 만; 옮긴이)으로 갔지. 그래서 해군 기지에서 도시까지 여객선을 타야 했다네. 어느 날 밤 그가 술에 취해 여객선에서 떨어져 익사했어. 그녀는 몹시 비참해했어. 아무튼 난 건장한 그녀와 거의 결혼할 뻔했지."

"왜 안 하셨어요?"

"나보다 더 건장하고, 더 강하고, 청혼하면 계속 싫다고 하는 여자와 결혼해야 하는지 스스로에게 물어보았다네. 그럴 이유를 찾을 수가 없어서, 그녀를 포기하고 말았지!"

하이 존이 껄껄 웃자, 지미는 그에게 이가 많지 않다는 걸 알았다. 지미가 힐끔 쳐다보자 크랩이 미소를 지었다. 지미도 미소를 지었다.

크랩이 테이블로 돌아와 자리에 앉아서 차를 다 마셨다. 지미는 메뚜기를 찾아보았다. 그것은 사라지고 없었다.

"서 있을 수 있을 때 되도록 사사프라스(녹나무 과에 속하는 북아메리카 산 나무로 향기 나는 잎·수피·뿌리 등이 양념과 전통적인 민간 약품으로 쓰임; 옮긴이) 차를 많이 마시게. 그것이 자네에게 안

정을 찾아 줄 테니. 하지만 갓 자란 껍질이 들어간 차는 안 되네.
그것은 자네를 아주 엉망으로 만들 걸세."

"감사합니다."

크랩이 말했다.

지미는 메뚜기를 보았다. 그것은 창턱에 있었다. 곧이어 메뚜
기가 밤 속으로 사라졌다.

하이 존이 냉장고를 열고 코담배가 든 작은 붉은색 깡통을 꺼
냈다. 그것을 열더니 혀를 쑥 내밀어 담배를 약간 입에 넣고 옆으
로 굴렸다.

크랩은 일어섰다.

"좀 쉬어야 할 것 같습니다."

그가 말했다.

그들은 현관문으로 걸어가서 바깥으로 나갔다. 지미가 기억했
던 것보다 밤공기가 더 시원했다. 산들바람이 살짝 불고 있었다.
하이 존이 그들을 현관 끝으로 데려갔다.

"어르신 생각은 어떠신가요?"

지미가 나지막이 물었다.

"크랩, 자넨 힘겹게 걸어가고 있네. 하지만 어디에서 벌을 받
을지는 자네와 전능하신 신만이 알고 있지."

하이 존이 말했다.

그들은 하이 존에게 작별 인사를 하고 미스 매켄지 집으로 천
천히 걸어서 돌아갔다. 지미가 하이 존의 오두막을 뒤돌아보았
다. 아까보다 더 낮게 떠 있는 달빛에 나무와 잎이 우거진 나뭇가

지가 섬뜩해 보였다.

크랩은 돌아가는 내내 말이 없었다. 지미는 하이 존의 집에서 일어났던 일과 그것이 좋았는지 아니면 나빴는지 생각해 보았다. 좋지 않았다는 느낌이 들었다.

그들이 집에 가자 미스 매켄지는 라디오를 켜 놓은 채 현관에서 잠들어 있었다. 기타가 값싼 라디오 스피커를 통해 금속성 블루스를 쥐어 짜내고 있어서 그 소리가 어렴풋이 낯설게 들렸다. 크랩이 손을 뻗어 라디오를 껐다. 미스 매켄지가 잠에서 깼다.

"아, 안 잤어. 그냥 돼지풀 꽃가루로부터 눈을 쉬게 하고 있었지. 유감스럽게도 내가 그 풀 때문에 얼마나 괴로워하는지 알잖아."

"알아요, 일 년 중 이때가 나쁘잖아요."

크랩이 맞장구쳤다.

"그것들이 철로 근처에 마구 자라고 있다네. 누구든 거기 가서 싹 태워 버려야 해. 어른 키보다 더 크다니까."

그녀가 말했다.

"그러게요."

크랩이 대꾸했다.

"두 사람은 계단을 지나 뒷방으로 가. 제시가 둘을 위해 자리를 펴 놓았어. 내가 아침에 깨어 줄까?"

그녀가 물었다.

"너무 피곤해서, 우릴 깨우려면 전투를 벌여야 할지 몰라요."

크랩이 대답했다.

"그나저나, 내가 너무 늙어서 싸울 수 없다는 걸 알게 될 거야."

미스 매켄지가 소리 내어 웃으며 대꾸했다.

지미가 화장실에 가야 해서 크랩이 어디에 있는지 위치를 가르쳐 주었다.

지미는 바깥 화장실에 대해 들었던 적이 있었고 미스 매켄지가 준 손전등 덕분에 그곳을 쉽게 찾을 수 있었다. 화장실 냄새가 지독했다. 지미는 재빨리 볼일을 보고 나서, 물을 내릴 방법을 찾아보았다. 물을 내리는 꼭지가 없었다. 변기 구멍을 내려다보고 싶지 않았지만 저절로 눈이 갔다. 그곳은 생각보다 더 낮은 곳에 있었고, 지미는 자세히 보기 전에 냄새 때문에 후닥닥 밖으로 나와 버렸다.

지미가 방에 갔을 때 크랩은 벌써 침대에 누워 있었다. 방은 코코아 버터 냄새가 나서, 지미는 평소 미스 매켄지가 자는 방일 거라고 생각했다.

"안녕히 주무세요."

지미가 말했다.

"잘 자."

크랩이 대꾸했다.

"그 할아버지는 어떻게 주술사가 되었어요?"

지미가 물었다.

"그걸 갖고 태어나는 사람들이 있어. 나도 잘 몰라. 옛날부터 내려오는 능력을 부여 받은 주술사들이 있으니까. 그들이 그걸 알고 있지."

크랩이 대답했다.

"어떤 일인데요?"

"다른 사람들은 모르는 것들."

크랩이 대답했다.

"그게 어떤 건데요?"

"나도 몰라."

크랩의 목소리가 화난 기색이었다.

지미는 턱까지 이불을 끌어올렸다. 불빛이 어른거려서, 몸을 돌리자 힘겹게 스위치로 손을 뻗는 크랩이 보였다. 크랩이 스탠드 본체에 가느다란 두 손가락을 대고 다른 손가락으로 체인을 잡고 있었다.

어둠 속에서 지미는 코까지 이불을 끌어 덮었다.

사람들은 주술사라고 하는 하이 존을 이상하다고 여길지도 모르지만, 지미 생각에 그는 좀 늙었을 뿐 특별히 이상하게는 안 보였다. 하이 존이 눈을 가리는 베일을 쓰고 태어난 아기라고 생각해 보았다. 그의 어머니가 어떤 생각을 했을지 궁금했다.

지미는 무서울 것 같았지만 무섭지 않았다. 하지만 피곤했다. 다리가 쑤셨다. 잠들기 전에 마마 진을 생각했고, 곧이어 학급 친구들을 떠올렸다. 지미가 학교에 나가지 않으면 그 애들이 뭐라고 말할지 궁금했다. 어쩌면 지미가 자퇴나 뭐 그런 걸 했을 거라고 생각할지 모른다.

지미는 언제 잠이 들었는지 기억하지 못했다. 한참 꿈을 꾸는데, 자신을 깨우는 소리가 났다. 심장을 뛰게 만드는 끔찍하고 무시무시한 소리였다. 잠깐 동안 자신이 어디에 있는지 생각나지 않았다. 그러다가 기억이 났고, 어떤 소음인지 몰라서 무서웠다. 지미는 조심스레 귀를 기울였다. 누군가 우는 소리였다.

얼굴에서 이불을 내리자 막 바깥이 환하게 밝아 오기 시작하고 있었다. 울음소리는 지미가 있는 방에서, 크랩의 침대에서 들리는 듯했다.

지미는 천천히 일어나 앉아서 크랩을 향해 몸을 돌렸다가 단단히 맨 매듭인 양 웅크리고 있는 크랩을 보았다. 어떻게 해야 할지 몰랐다. 크랩이 아파서 도움이 필요할지 모른다고 생각했다. 지미는 일어나서 차가운 바닥을 딛고 섰다.

"크랩?"

지미가 조용히 불렀다.

흐느낌이 조용해졌다.

지미는 침대로 다가가서 크랩을 쳐다보았다. 그의 눈이 감겨 있었다. 그 순간 울고 있지 않았지만, 얼굴이 젖어 있었다. 그는 숨을 쉬고 있는데, 호흡이 아주 깊고, 여전히 잠들어 있었다. 그가 잠을 자면서 울고 있었던 거다.

지미는 자신의 침대로 돌아와서 이불을 덮었다.

크랩이 어떤 꿈을 꾸었기에 저렇게 슬픈 걸까? 왠지 모르지만, 어떤 이유에서, 감옥에 있는 그를 떠올렸다. 감옥에 갇힌 채 어둠 속에 있다면 자신도 그곳에서 울었을까 궁금했다.

도로 잠을 자자고 혼잣말을 했지만, 잘 수가 없었다. 크랩이 또

다시 울지 않기를 바랐다. 울음소리를 들어서 미안했다.

전에는 남자가 운다고 생각한 적이 없었다. 누군가 지미에게 물어보았다면 아프거나 혹은 슬프다면 남자도 울 수 있다고 말했을지 모른다. 하지만 남자가 운다는 건 예전에는 생각해 본 적이 없었다.

가까이에 아버지가 있다고 생각한 적도, 아버지가 울 거라고 생각했던 적도 없었다. 지미가 생각한 아버지는 강하고, 어떤 상황을 알고서 자신에게 그것에 대해 말해 줄 수 있는 남자였다. 낯선 침대에 누워서 눈물을 흘리며 새로 시작한 날의 잿빛 공허함을 쥐어뜯는 남자를 상상해 본 적이 결코 없었다.

시카고를 돌이켜 보면, 크랩도 자신의 아들이 다부지지 않고, 프랭크 같은 아이를 상대하지 못할 거라고 생각하지 않았을 거다. 아무튼 프랭크는 지미보다 더 거칠었고, 마음도 더 다부지고 몸집도 더 컸다. 지미는 자신이 프랭크에 대적할 수 없다는 걸 알았다. 그리고 하이 존이 말했던 집에 돌아온 지금 아칸소에서, 크랩은 그보다 더 거친 무언가를 발견했는데 그것을 감당하지 못하고 있었다.

크랩이 침대에서 몸을 돌리며 또 다른 소리를 냈다. 울음소리는 아니었지만 그에 가까운 소리였다. 지미는 크랩이 깼을 때 하이 존의 말이 어떤 의미인지 물어봐야겠다고 생각했다.

12

아침은 매리언 주민들을 집 안에서 베란다로 내모는 타는 듯한 흰 열기와 함께 왔다. 미스 매켄지의 집 아래쪽 집에서는 두 소년이 속을 두툼하게 채운 의자를 베란다로 끌고 나왔고 연약한 여자가 와서 그곳에 앉았다. 먼 하늘은 허옇고, 그곳에서 빙글빙글 돌다가 급강하하는 새들은 거무스름했다. 베란다 한쪽 구석에는 잡지에서 오려 액자에 넣은 마틴 루터 킹의 사진이 있었다.

집 옆쪽의 꽉 찬 쓰레기통 위에서는 파리들이 제멋대로 윙윙대며 날아다녔다. 미스 매켄지가 현관으로 나와서 지미의 어깨에 팔을 올렸다.

"덥고 긴 날이 될 것 같구나."

그녀가 말했다.

"그럴 것 같아요."

지미가 대답했다. 마치 예전에도 그랬다는 듯이 저절로 말들이 튀어나왔다.

꼬마 여자애가 어디에선가 불쑥 나타났다. 지미는 그 애가 네 살 또는 다섯 살쯤 되었을 거라고 생각했다. 그 애의 피부는 거무스름하다기보다는 거의 까맸고, 머리카락은 어떤 곳은 까맣고 어떤 곳은 오렌지색이었다. 배만 빼고 깡말랐는데, 그 배가 초록색 옷을 앞쪽으로 밀어내고 있어서, 단추 아래로 속옷이 보일 정도였다. 간신히 어깨에 걸쳐진 원피스는 비쩍 마른 다리까지 길게 늘어져 있었다. 여자애는 금발 머리의 백인 인형을 갖고 있었다. 그 애가 지미를 보고 인형을 들어 올리더니, 소리 내어 웃으며 가슴으로 가져가 꼭 안았다.

"쟨 저 인형을 참 좋아해. 진짜 아기인 양 사랑한다니까."

미스 매켄지가 말했다.

여자애는 다시 지미 쪽으로 인형 아기를 들고서 그것으로 지미를 꾸짖었다. 지미는 잠깐 동안 여자애를 쳐다보다가 곧바로 크랩에게 관심을 돌렸다.

전에는 크랩을 살짝 두려워했다는 걸 깨닫지 못했었다. 하지만 하이 존의 집에서 그를 살펴본 뒤로, 잔뜩 웅크린 몸에서 나오는 흐느낌을 듣고 난 뒤로, 지미는 그가 더는 두렵지 않았다.

지미가 자신에게 관심이 없다는 걸 알자 여자애는 가 버렸다.

뒤쪽에서 방충망이 닫히며, 발아래의 베란다 나무판이 삐걱거리는 게 느껴졌다. 지미는 뒤를 돌았다가 베란다를 가로질러 가서 난간에 몸을 기대는 크랩을 보았다. 그건 크랩 스타일이었다.

과시하며 자신을 쳐다보게 하고, 그가 어떤 사람인지를 알고 싶어 하게 만드는 스타일.

"안녕히 주무셨어요?"

지미가 물었다.

"달걀 먹을래?"

크랩이 지미에게 대꾸하기 전에 미스 매켄지가 물었다.

"커피도 먹을 수 있어요?"

크랩이 물었다.

미스 매켄지가 크랩 옆을 지나다가, 걸음을 멈추고 그의 가슴을 어루만졌다.

"오늘 라이델에게 갈 거다."

미스 매켄지의 옷자락이 집 안으로 사라지자 크랩이 말했다.

"너도 함께 갔으면 하는데."

"좋아요."

지미가 대답했다.

지미는 크랩의 시선을 따라가 메마른 너른 땅을 바라다보았다. 멀리 아른거리는 열기가 길가를 따라서 소용돌이치는 먼지를 뚫고 춤을 추고 있었다.

"우린 물가에서 멀리 떨어져 있어. 이 근처에는 묵묵히 자신의 삶을 사는 생명체들이 있단다. 강 쪽으로 내려가면 다리가 있는 작은 시내가 나와. 때로는 비록 메기뿐이지만 물고기를 잡고 물가를 따라가면 물벌레를 볼 수 있지. 난 사람들 말고 그냥 살아 있는 걸 보러 가끔 거기에 갔었어. 그건 근사한 작은 시내야. 거기서 자라는 것들에 큰 영향을 줄 만큼 크진 않지만, 멋진 작은 시내."

크랩이 말했다.

"생명체들에 대해 알아요?"

지미가 물었다.

"많이는 아니야."

크랩이 대꾸했다.

미스 매켄지가 작은 쟁반을 들고 나왔다. 크랩에게 줄 커피와 지미를 위한 레모네이드였다.

"난 오늘 매리아나에 가. 로건 씨가 날 태우러 올 거야. 아마 월 메이의 집에 들러 물건도 몇 개 가져가고."

미스 매켄지가 말했다.

"그 사람들 날이 더운데도 여전히 바깥에 불을 켜 놓아요?"

크랩이 손가락 끝이 다른 쪽에 닿을 때까지 컵 주위를 감싸며 물었다.

"아니, 하지만 형광등이 옛날 것처럼 뜨거워지진 않아."

미스 매켄지가 앞치마에 양손을 훔치며 대답했다.

레모네이드는 미지근하고 묽었다.

"라이델 아저씨가 오고 있어요."

제시가 이층 창문에서 소리쳤다.

지미는 제시를 쳐다보았다가 곧바로 눈길을 돌려 라이델을 찾아보았다. 아무것도 안 보였다.

"제시, 라이델이 어딨니?"

미스 매켄지가 소리쳤다.

"혼 아저씨네 우물 근처를 지나고 있어요. 사이프러스 레인에서 오고 있어요."

미스 매켄지가 쳐다보고는 손으로 가리켰다. 지미는 멀리서 오고 있는 차가 보였다.

"라이델인지 어떻게 아니?"

크랩이 제시에게 큰 소리로 물었다.

"저렇게 파란색 차를 갖고 저 방향에서 오는 사람은 그 아저씨뿐이에요."

제시가 대답했다.

그들은 차가 더 가까이 오는 걸 지켜보았다.

"제시와 안으로 들어가 계시죠, 미스 매켄지?"

크랩이 미스 매켄지에게 컵을 건넸다.

"말썽이 생길까?"

미스 매켄지가 물었다.

"문제를 일으키지는 않을 거예요. 제가 이야기를 하고 싶어 한다는 걸 알고 있어요."

크랩이 베란다 옆쪽 나무 상자를 당겨서 그 위에 한쪽 발을 올리는 모습이 지미 눈에 들어왔다.

길을 따라 움직이고 있는 라이델의 캐딜락은 축 처진 듯 보였다. 라이델은 차를 집 쪽으로 돌렸다가, 곧이어 다시 길로 방향을 틀더니 운전석이 베란다 가까이에 오자 차를 멈추었다. 뒤쪽 창문에 금이 있고 한쪽 크롬 철판은 녹이 슬어 있었다.

라이델은 계기반에서 시가 한 대를 집어 들고는 그들은 쳐다보지도 않은 채 천천히 불을 붙였다. 지미가 눈길을 돌렸더니 크랩이 웃고 있었다.

라이델이 시가에 불을 붙이고는 큰 차의 문을 열고 느릿느릿 내렸다. 그의 숱이 많은 긴 머리는 단정하게 정리되어 뒷목에서 곱실대고 있었다. 짧게 기른 염소수염 털은 짙은 회색으로 얼룩져 있었다. 라이델이 땅에 재를 털어낼 때 지미가 서 있는 곳에서도 매니큐어를 칠한 손톱이 보였다.

캐딜락에 기대어 발목에서 양다리를 교차할 때 라이델 뒤꿈치가 넓은 어깨를 원통형 상판에 비스듬히 댔다.

몸무게를 무릎에 실은 크랩과, 금목걸이를 가슴팍에 낮게 걸고 목깃이 없는 셔츠를 입은 라이델, 지미에게 그들은 위험한 사람처럼 보였다.

"그래, 도시 친구 크랩이 다시 집에 온 건가? 한동안 여기 있을 건가, 아니면 잠깐 들른 건가?"

라이델이 조용히 물었다.

"아직 결정을 못 했다네. 몇 가지 확인할 일도 있고, 옛 친구들과 얘기도 좀 나누어야 하고, 일이 어떻게 된 건지도 살펴봐야 할 것 같아."

크랩이 턱 아래를 긁으며 대답했다.

"어떤 일들에 대해 얘기하고 싶은 건가?"

라이델이 물었다.

"나처럼 자네도 오랫동안 감옥에 있었나. 까닭 없이 아주 오랫

동안 말일세. 자넨 할 얘기가 많을 거야. 그런 까닭에 누군가는 내게 어떤 빚을 졌다고 생각하네만."

크랩이 말했다.

"친구, 대체 모를 말을 하는군. 아무래도 내가 도시 말을 이해하지 못하는 것 같네."

라이델이 대꾸하며 어깨를 올렸다.

"동향인은 언제나 서로 이해한다고 생각했지. 적어도 남자로서 해야 할 말을 이해하는 것 이상으로 서로를 이해한다고 말일세."

크랩이 말했다.

"자네가 경찰에게 말했지 않나?"

라이델이 물었다.

"아직 그건 꺼내지도 않았네."

라이델이 시가를 쳐다보고, 그것을 몇 모금 뻐끔거리려고 애쓰다가, 주머니에 손을 넣어 성냥을 찾았다. 그러더니 성냥을 찾아서 불을 켜 불꽃을 작은 시가 끝에 대고 그 끝이 흐릿한 오렌지색으로 빛을 낼 때까지 빨아들였다.

"자네가 여기서 주술사를 찾고 있다고 들었네. 자네가 말썽거리를 찾아서 여기 온 건 아닐 거라고 생각하네만."

라이델이 말했다.

"시작도 안 했어. 고향 친구와 앉아서 달콤한 걸 한 잔 마시며 일어났던 사건에 대한 진실을 얘기하려고 생각했다네."

크랩이 말했다.

"자네 같은 도시 남자가 진실을 말하기 위해 여기까지 차를 몰고 왔단 말인가?"

라이델이 이렇게 묻고는 말을 이었다.

"자네가 말하는 강력한 진실이 있는 게 분명하군."

"있지."

크랩이 대꾸했다.

지미는 일어서서 난간으로 움직이는 크랩을 보았다. 라이델의 목이 부풀어 오르는 것 같아서, 지미는 그가 아픈 건 아닌지 걱정했다.

지붕 없는 트럭이 길을 지나갔다. 운전석 옆 조수석에 앉은 백인 남자는 윗옷을 벗고 있었는데, 팔은 그을렸고 하얀 가슴은 거무스름한 운전대 때문에 더 허옇게 보였다.

"그래 나한테 원하는 게 뭔가?"

라이델이 시가를 축 늘어지게 들고 있었다.

"내가 그 무장한 차에 없었다는 걸 자넨 알아."

크랩의 목소리가 더욱 거세졌다.

"내가 어떻게 그걸 알겠나? 난 거기 없었어."

라이델이 시가를 쳐다보았다.

"그러면 자넨 왜 그렇게 빨리 도망간 건가?"

"자네가 경비원을 죽였기 때문에 경찰이 자넬 감옥에 가두었어."

라이델이 제시가 있었던 창문을 올려다보았다.

"자네가 경비원을 안 죽였다고 했는데도, 경찰이 자네를 계속 감옥에 가두었지. 자네가 아무 짓도 안 했는데 감옥에 가두었다면, 내가 어떤 짓을 했다고 꾸며 경찰이 날 감옥에 넣었을 걸세."

"난 우리가 서로 해결해야 한다고 생각하네. 그게 바로 규명해야 할 일이지."

크랩이 말했다.

"난 사서 고생하고 싶지 않네, 크랩."

라이델이 몸무게를 한쪽 다리에서 다른 쪽 다리로 옮겼다가 도로 먼저 다리로 옮겼다.

"자네가 여기 온 이유를 알고 싶지 않아. 자네가 여기 돌아와 알려고 하는 게 무엇인지도 모르고."

"난 진실을 듣게 해 주려고 아들을 여기로 데려왔어. 그 애가 진실을 들으면 돼."

크랩이 말했다.

"자네가 아무것도 안 했다는 거?"

"내가 아무도 죽이지 않았다는 거 말일세."

크랩이 대답했다.

라이델이 불안한 듯 움직이며 지미를 건너다보았다.

"자네 석방된 건가, 아니면 가석방된 건가?"

라이델이 물었다.

"가석방됐네. 경찰에게 웨스트멤피스에서 일을 할 수 있다고 말했지."

크랩이 대답했다.

"어째 진짜로 들리지 않는데. 진짜 같지가 않아."

라이델이 머리를 흔들었다.

"내가 여기 있잖아, 안 그런가?"

"내가 경찰에게 무언가를 말해 줄 거라고 기대하고 있는 건 아닌가?"

"내가 왜 그런 일이나 하려고 여기 돌아왔겠나?"

크랩이 물었다.

"글쎄, 왜 왔을까?"

라이델의 눈이 가늘어지다가 결국 꼭 감겼다. 그가 턱을 들어올리고 목에 건 목걸이에 닿을 때까지 한 손가락으로 염소수염에서 목 앞쪽까지 죽 훑어 내렸다. 그러고는 마치 결정했다는 듯 느릿느릿 고개를 끄덕였다. 곧이어 눈을 뜨고 크랩을 쳐다보았다.

"뜬금없군, 친구. 자네가 근거 없이 주장하는 게 무엇인지 모르겠네만, 뜬금없어. 줄곧 나라를 횡단하여 왔는데 성과는 없고 겨우 할 말이란 게 애걸복걸하는 거라니. 대체 자네가 주장하는 게 뭔가?"

"난 애걸복걸하지 않아. 진실을 찾고 있는 걸세."

크랩이 말했다.

"아니. 아니야."

라이델이 캐딜락 문을 열며 머리를 흔들었다.

"자네가 애걸하고 있는데 그게 무엇인지 생각해 보아야겠네."

"자네와 해결해야 해, 라이델. 자네와 해결해야 한다고!"

크랩의 목소리가 분노로 높아졌다.

"그래, 어쩌면."

라이델이 차의 시동을 걸며 말을 이었다.

"진짜 열심히 생각해 보고 자네가 찾는 진실이면 알려 주겠네."

라이델이 시가를 입에 물었다가 빼고는 캐딜락을 빙 돌려 집에서 떠났다.

차가 백 년만의 혹독한 여름 내내 그 어떤 것도 제공받지 못한 메마른 흙을 지나 웨스트멤피스를 향해 동쪽으로 굴러갔다.

크랩은 베란다 계단을 내려가서 곧장 차가 떠난 방향으로 주저하며 한 걸음, 또 한 걸음 걸어가더니, 차를 뒤로 끌어당기려는 듯이 한 쪽 팔을 들었다가 옆으로 떨어뜨렸다.

지미는 말을 걸기 전에 입술을 핥아야만 했다.

"크랩?"

"어?"

"난 아버지가…… 그걸 했다고…… 생각하지 않아요."

지미가 말했다.

"내가 안 했다고 확신하니?"

크랩이 물었다.

지미는 질문에 대해 생각하면서, 크랩에게 뭐라고 말해야 할지 생각하려고 애썼다. 크랩의 눈을 들여다보면서 단어를 찾았고, 그곳에 대답이 있기를 바랐다. 마침내 크랩이 돌아서자 말없이 가만히 서서 입을 열었다.

"크랩, 미안해요."

지미가 말했다.

"난 라이델과의 일을 해결해야 했어. 누군가에게 진실을 캐내야 할 일들이 있거든."

크랩이 말했다.

"이제 뭘 할 거예요?"

지미가 물었다.

크랩이 하늘을 올려다보았다. 태양이 높이 떠 있었지만, 열기는 땅에서 올라오는 듯했다. 미스 매켄지가 껍질콩이 든 작은 바구니를 들고 베란다로 나왔다.

"괜찮은 거지, 크랩?"

그녀가 물었다.

"예, 다 괜찮아요."

크랩이 대답했다.

미스 매켄지가 껍질콩 바구니를 의자 다리 옆에 내려놓았다. 그러고는 잠깐 동안 집 안으로 돌아갔다가 갈색 자루를 들고 나와, 그것을 다른 다리 쪽에 놓았다. 그녀가 앉아서 다리를 벌리고 옷자락을 굵은 허벅지 사이에 펼쳐 우물을 만들었다. 그러고는 콩을 한 줌 집어서 손가락으로 요리하기 딱 알맞은 크기로 꺾기 시작했다. 콩의 양쪽 끄트머리는 자루 안에 넣었다. 예전에 한 천 번은 그래 왔다는 듯이 손가락들은 빠르고 능숙하게 일했다.

"그 시내 여전히 깨끗해요?"

크랩이 미스 매켄지에게 반쯤 몸을 돌리고 물었다.

"깨끗할걸. 라이델이 자네를 좀 곤란하게 한 건가?"

미스 매켄지가 물었다.

"아니요, 라이델을 만난 게 아무 의미가 없었던 건 아니에요."

크랩이 이렇게 대답하며 지미에게 돌아섰다.

"잠깐 지미를 시내로 데려가서 라이델 따윈 잊어버릴까 해요. 잠깐 저 아래에 가 보겠니?"

"좋아요."

"라이델은 원하는 게 있으면 뱀이 된다는 걸 자네도 알 거야."

지미와 크랩이 길을 나서자 미스 매켄지가 말했다.

"예, 알아요. 가자, 지미."

크랩의 목소리가 피곤했다.

그가 노인처럼 천천히 걷는다고 지미는 생각했다. 지미는 어색한 걸음으로 크랩의 옆에서 걸으며, 안 보는 척하면서 그의 얼굴에 고통스런 표정이 있는지 슬쩍슬쩍 살펴보았다.

"아이였을 때 저 시내에 가곤 했어요?"

"저 시내에서 지내곤 했지. 때로는 너무 더워서 집에서 잠을 잘 수 없을 때면, 베개를 갖고 저 시내로 내려가곤 했고. 그게 대단한 일이라고 생각했었다. 베개가 있다는 거 말이야. 이 근처에서는 베개를 가지려면 커야만 했어. 그게 대단한 일이 아니라고? 그땐 대단했단다."

"그 아저씨 말이…… 라이델의 말이 아무 의미가 없어요."

지미가 말했다.

"아니, 있어."

크랩이 낮은 목소리로 말했다.

시내는 집에서 약 800미터 떨어져 있었다. 오래전에 그곳에 있었던 시내는 황폐함에 자리를 넘겨준 참이었다. 길가의 나무들은 덜 크고, 덜 푸르렀다. 시냇가에 버려진 싱크대 하나가 몇 년이 지났는지 녹물로 누렇게 얼룩져 있었다. 시내가 다소 넓어지자 그들은 시내를 따라 걷다가, 맑은 물이 바위들과 낡은 병들 너머로 V자 모양을 이루고 있는 곳에 이르렀다.

지미는 막대기를 집어 들고 시냇가를 따라 질질 끌고 갔다.

"옛날에는 시내가 무릎 깊이까지 왔었단다. 그때는 진짜 시내였지."

크랩이 말했다.

"아버지 어머니는 어땠어요? 할머니요."

지미가 물었다.

"멋진 흑인 여성이었지. 너와 할머니는 서로 좋아했을 거야. 잠깐 쉬겠니?"

"아니요, 전 안…… 아, 좋아요."

지미가 크랩의 몸이 안 좋을지 모른다는 걸 떠올리고 말했다.

"아스피린을 가져올까요?"

"됐어."

크랩이 대답했다. 지미는 크랩이 키 작은 나무로 다가가서, 등을 기대고 땅바닥으로 천천히 미끄러지는 모습을 보았다. 그러자 나무가 기울어졌고, 그가 나무에 머리를 기대며 눈을 감았다.

"미스 매켄지 아주머니에게 가서 모자를 가져올게요."

지미가 말했다.

"난 괜찮아. 그냥 잠깐 쉬려는 거야."

크랩이 말했다.

크랩이 다시 눈을 감자, 지미는 부어 보이는 그의 얼굴을 응시했다.

"자넨 힘겹게 걸어가고 있네. 하지만 어디에서 벌을 받을지는 자네와 전능하신 신만이 알고 있지."

하이 존이 이렇게 말했었다.

"만약에요."

지미가 시내에서 끌고 다녔던 막대기의 한 쪽 끝을 흙 속에 밀어 꽂았다.

"아버지가 아무것도 안 했다고 라이델이 말한다면요. 그럼 어떤 일이 일어날까요?"

"그러면 아마도 감옥에서의 꿈들이 실현될 거다. 그걸로 끝. 처음부터 다시 시작하고 땅을 갖는 감옥의 꿈들 말이야. 감옥에서는 '만약에'로 시작되는 꿈만 꿔. 만약에 이 일이 일어난다면, 만약에 모든 일을 다시 시작할 수 있다면. 라이델은 내가 경비원을 죽이지 않았다고 말해야 했어. 그러면 네가 그 말을 듣게 되고 행복 뭐 그런 걸 느꼈겠지. 그러고 나서 우리가 함께 석양 속으로 걸어갔을 거야."

크랩이 말했다.

"카우보이처럼요?"

"그래, 카우보이처럼. 내가 아이였을 때 돈이 있으면 영화를 보러 가곤 했어. 우리는 내내 걸어서 갔어. 그러면 모든 순간이 더 오래 지속되었거든. 그러고는 흑인들과 발코니에 앉아서 영화를 보았어. 그 당시에는 사람들이 그곳을 '유색인' 자리라고 부르곤 했단다. 아무튼 카우보이 영화가 있었고, 발코니의 모든 흑인 아이들은 자신들이 영웅이 되는 상상을 했고 아래층에 있는 백인 아이들도 모두 같은 꿈을 꾸었지. 꿈이 너무 좋아서 현실과 구별할 수가 없었단다. 난 감옥에 가기 전에도 감옥 꿈을 꾸었던 것 같구나."

"그 아저씬 그냥 그렇다고 말할 수 있었어요."

지미가 말했다.

"그래. 그럴 수 있었지. 하지만 시궁쥐가 증오하는 건 양지에 앉아 있는 다른 시궁쥐를 보는 거야."

크랩이 말했다.

"그거 웃긴 말이네요."

지미가 작은 바위 아래로 막대기를 찔러서, 그것을 뒤집어엎어 보았다. 그리고 그 아래에 있는 다슬기 떼를 보고 뒤로 움찔했다. 크랩이 뒤로 물러나는 자신을 보았는지 살펴보고는 그가 보았다는 걸 알았다.

그들은 미소를 지었고 지미는 어깨를 으쓱였다.

다슬기들이 천천히 움직여 서로 여기저기로 기어가더니, 곧이어 부드러운 진흙 속으로 사라졌다.

"그럼 이제 뭘 해요?"

"모르겠다."

그 말은 거의 속삭이듯이 나직이 튀어나왔다.

"어쩌면 한동안 여기 머무르며 라이델이 어떻게 행동하는지 봐야겠지. 그가 진실을 말한다면, 해야 할 말 그대로 말이다. 그럼 아무튼 모든 것이 제대로 될 거야. 안 그런다면 그럼 두고 봐야지. 난 캘리포니아에 갈까 생각하는데. 너 캘리포니아에 가 본 적 있니?"

내가 그걸 믿는데도, 왜 라이델 아저씨가 또 그걸 말해야 해요? 지미는 마음속으로 조심스럽게 말들을 만들어 보았다.

"왜 라이델 아저씨가 그걸 말해야 해요?"

말은 이렇게 튀어나왔다.

"왜냐하면 우리 둘이서 상황을 제대로 만들고 싶거든. 그럼 캘리포니아까지 느긋하게 차를 타고 가서 새로 시작하자. 사람들 말에 따르면 바다 공기가 좋다더구나. 바다 좀 보고 햇빛도 좀 쐬고. 누가 알겠니? 다시 아이가 된 기분일지."

"지금은 기분이 어때요?"

"피곤하구나."

크랩이 말했다.

그가 천천히 발을 밀어서 자세를 바로잡고는, 힘들어하며 호흡이 정상으로 돌아오길 기다렸다가, 이어서 시냇가를 따라 걷기 시작했다. 지미가 멀리서 뒤따라갔다.

캘리포니아는 크랩이 해 주길 바라던 말이 아니었다. 그가 말해 주길 원했던 것이 무엇인지 몰랐지만 캘리포니아는 아니었고, 또 다른 차를 빌리는 것도 아니었다. 시카고의 호텔 로비에서 있었던 일이 떠올랐다. 크랩이 다른 사람의 이름이 있는 신용카드를 여자에게 주던 모습이 생각났다. 아침을 먹던 일과 경찰

이 기억났고 크랩이 마마 진의 집까지 가져왔던 첫 번째 차도 문
득 떠올랐다. 어쨌든 캘리포니아는 지미가 듣고 싶었던 말이 아
니었다.

어쩌면 지미가 생각하고 있었던 것이 크랩의 꿈과 마찬가지일
지 모른다는 생각이 들었다. 감옥의 꿈 말이다. 크랩을 처음 보
았던 그 순간부터, 지미의 마음은 가족이 함께하는 완벽한 장면
들을 떠올리며 끝없이 질주했고, 어쩌면 마법 같은 일이 일어날
거라고 생각하고 있었다. 그것은 석양 속으로 걸어가는 건 아니
었다. 그와 크랩이 함께 있는 것이고 절대로 잊히지 않을 특별한
것을 공유하는 거였다.

크랩이 지미 앞에서 걸음을 멈추고 무릎을 굽혔다. 진흙 속의
무언가를 쳐다보고 있었다. 지미는 걸어가서 그가 무엇을 하고
있는지 보려고 그 옆에 섰다. 그것은 길고 뻘건 지렁이였다. 크
랩이 그 아래로 손가락 하나를 넣어 집어 들고는 다시 숨으려고
애쓰는 지렁이를 쳐다보았다. 지미는 크랩이 그것을 홀로 내버려
둘 거라고 생각했는데 그는 손가락을 진흙 속에 밀어 넣고 또다
시 끄집어냈다. 지미는 눈길을 피하며, 마음속으로 예전보다 크
랩에게 더 가까이 다가갔다. 진흙 속으로 밀어 넣던, 검은 손과
중간보다 끝이 더 큰 손가락들, 노랗고 굽은 손톱들을 생각했다.

"우리가 어렸을 땐 큰 비가 내리면 여기로 와서 이것들을 한
깡통 가득 잡곤 했단다. 그러고는 낚시를 했었지."

크랩이 말했다.

"물고기를 많이 잡았어요?"

지미가 물었다.

"이 근처엔 물고기가 많지 않아. 정말 큰 걸 잡으려면 강으로 가야 했어. 큰 물고기를 잡을 수 있어서가 아니라, 우리가 이곳에 있었기 때문에 여기서 물고기를 잡았었지."

"뉴욕에 돌아가고 싶어요. 마마 진과 함께 지낼 수 있어요."

지미가 물었다.

"경찰이 거기 있는 날 찾으러 오는 데 얼마나 걸릴 것 같니?"

크랩의 목소리가 날카로웠다.

"그럼 우리가 뭘 할 수 있어요? 계속 그냥 돌아다닐 수 없고, 차와 물건도 구할 수 없어요."

지미는 목소리가 갈라지지 않게 애쓰며 물었다.

"이제 그만. 뭔가 좀 생각해 봐야겠다."

크랩이 말했다.

안 돼. 눈물이 지미 눈을 따갑게 찌르자 가혹했던 그날이 수많은 부드러운 빛으로 폭발하며 눈앞에서 어지럽게 어른거렸다. 크랩이 강해지는 것, 스스로를 지키는 것에 대해 뭐라고 말하는 소리가 들렸다. 지미는 그럴 거라고 말하려고 했지만 그 말들은 목 안에 붙어서 희미하게 꾸르륵꾸르륵 목 울림으로 튀어나왔다. 마음속에 크랩을 품은 순간, 무언가 슬며시 빠져나가는 느낌이었다. 크랩을 쳐다보았다. 바싹 마른 누런 갈대들과 거무스름한 그의 그림자가 허연 먼 하늘을 배경으로 비현실적으로 보였다. 사랑하는 누군가를 찾았는데, 보이는 건 남자의 비밀, 쑥 내민 손, 삭막한 얼굴과 말없이 벌어진 입의 더 냉혹한 상처가 전부였다.

지미는 걷기 시작했다. 자신의 어깨에 올린 크랩의 손이 느껴지자 팔을 올려 재빨리 홱 밀어 냈다. 그러고는 후다닥 걸어 다리 사이에서 휙휙 소리를 내는 키 큰 풀 속으로 들어갔다.

"지미! 지미! 야, 거긴 가면 안 돼!"

크랩이 지미를 불렀다.

지미가 돌아서자 허둥지둥 쫓아오는 크랩이, 쭉 뻗은 손과 큰 손가락들이 보였다.

"지미!"

"사람을 죽였다고 해도 상관없어요. 돈이나 신용카드나 다른 걸 훔칠 거라고 해도 상관없고요. 그것들 모두 잘못이잖아요. 아무도 죽이지 않았다고 해서 아버지가 좋은 사람이 되는 건 아니잖아요!"

지미가 말했다.

"그래. 그래. 내가 버림받았는데도 전부 다 상관없다는 거니? 내가 가진 게 뭐가 있다고? 내가 아무것도 안 훔쳤다고 하는 게 아니야. 내가 어른이라고 말하는 것도 아니고. 내가 좋은 일을 했다고 말하는 것도 아니야."

크랩이 손으로 지미의 얼굴을 잡았다.

지미가 크랩의 손을 밀어 냈다.

"아무 말도 하지 말아요. 아버진 아버지대로 나는 나대로 그냥 내버려 둬요."

지미가 이렇게 말하고 몸을 돌렸다.

"아들, 난 뭔가 말해야 해. 넌 이 세상에서 내가 가진 전부로 내게 중요하다고. 네가 내게 아무 의미가 없다면 그럼 나 자신도 아무 의미가 없게 돼."

"그게 날 여기까지 데려온 이유예요? 마마 진의 집에서 줄곧? 그래서 아버지 인생에서 어떤 목적을 얻었어요?"

지미가 물었다.

하루살이 떼가 크랩의 얼굴 주위를 날아다니자 크랩이 뒤로 물러나서 손으로 찰싹 쳤다.

"난 네가 내 말을 들어 주면 좋겠다. 내 말을 들어 주면 네가 듣고 싶었던 말을 들을지도 몰라."

크랩의 목소리가 높아졌다.

"그럼 하고 싶은 말을 해요."

지미가 말했다. 그러고는 크랩의 얼굴을 빤히 쳐다보았다. 크랩의 검은 볼 아래로 눈물이 흘러내리는데, 땀과 섞여서 턱에서 반짝이고 있었다.

"어서요."

그들은 서로 얼굴을 마주 보고 서 있었다. 크랩은 양손을 올리고 이미 마음속으로 되뇌었던 말들을 찾아보았다. 지미는 그의 얼굴에서 그가 말하려고 하는 것 너머의 의미를 찾았고, 그저 말뿐이라면 그걸 믿을 수는 없다고 생각했다.

"내가 그 말들을 모른다면 그게 잘못된 거니? 내가 네 아버지가 될 수 없어?"

크랩이 물었다.

"아버지가 되는 법도 모르잖아요!"

지미가 대답했다.

질주하는 분노로 말들이 터져 나왔다. 맹목적인 분노는 지미를 가득 채웠고 지미는 양손을 움켜쥐었다. 마음속에서 치밀어 오른 분노는 심지어 크랩이 정말로 아버지가 되는 법을 모른다는 적나라하고 명백한 진실을 떠올리게 했다. 그건 그들이 공유하는 끔찍한 사실이었다.

"미스 매켄지네 아이가 오는구나."

크랩이 긴장을 깨며 말했다. 그의 눈이 잠깐 동안 지미의 얼굴을 쳐다보았다가, 곧이어 땅으로 향했다.

지미가 시선을 돌리자 그들을 향해 뛰어오는 여자애가 보였다. 지미는 도로 크랩에게 몸을 돌리고 그에게 한 걸음 다가갔다.

"왜 정착하지 못하겠다는 거예요?"

지미가 물었다.

크랩이 셔츠로 얼굴을 훔쳤다. 지미가 그를 쳐다보고는 팔을 뻗어 크랩의 얼굴을 어루만졌는데, 눈물과 콧물이 얼룩져 있었다. 크랩이 셔츠로 얼굴을 닦았다.

"아버지가 원한다면 캘리포니아에 갈게요. 어쩌면 거기에서 직업을 구할 수 있을지도 모르죠. 나도 거기서 일을 구할 수 있겠죠."

지미는 되도록 빠르게 말했다.

"캘리포니아는 아주 멀어. 아주 멀지."

크랩이 말했다.

여자애는 그들에게 다가오자 달리는 속도를 늦추며, 마지막 몇 걸음은 걸어왔다. 여자애의 작은 가슴이, 입고 있는 검은색 블라우스에서 들썩이자 위쪽 레이스가 올라가는 모습이 보였다.

"라이델 아저씨가 집에 돌아왔어요. 다른 차도 왔어요. 백인들이 차에 타고 있어요. 엄마가 두 사람에게 알려 주래요."

여자애가 말했다. 크랩에게 말하고 있지만, 눈초리의 양끝은 지미를 쳐다보고 있었다.

"엄마가 라이델에게 내가 있는 곳을 말했니?"

"엄만 모른다고 했어요. 그리고 나서 나한테 먼 길로 가서 아저씨께 알리라고 했어요."

여자애가 말했다.

크랩이 하늘을 올려다보며 천천히 숨을 내쉬었다. 소녀는 대답을 기다리는 듯이 그를 쳐다보고는 지미를 쳐다보았다. 소녀의 호박색 눈은 태양의 단조로운 빛을 받고 있었다. 그 눈은 지미가 떠올릴 어머니의 모습을 영원히 바꾸어 놓았다. 소녀가 입가에 심장을 계속 뛰게 만드는 미소를 짓더니 곧이어 몸을 돌려 걸어서 가 버렸다.

"다른 남자들은 누굴까요?"

지미가 물었다.

"몰라. 미스 매켄진 경찰이라고 생각한 게 틀림없구나. 안 그랬다면 딸을 보내지 않았을 테니."

크랩이 대답했다.

"어떻게 할 거예요?"

"철도 건널목으로 가자. 어쩌면 서부로 가는 화물 수송 열차를 탈 수 있을지 몰라. 좀 생각할 시간이 필요하구나. 그 뒤에 미스 매켄지 집으로 돌아가. 너 진에게 돌아갈 돈 충분하지?"

지미는 크랩에게서 시선을 돌렸다.

"건널목까지 함께 가겠니?"

크랩이 물었다. 그러고는 턱으로 그 방향을 가리켰다.

"그게 다예요? 건널목까지 함께 걸어가는 것?"

지미가 물었다.

"아마 우린 뭔가를 생각해 낼 수 있을 거야."

"어떤 거요?"

크랩은 대답하지 않았다.

그들이 시내에서 건널목을 향해 걸음을 옮길 때 한낮의 열기가 그들에게 쏟아지며, 그들의 어깨를 감쌌고, 단단해진 땅을 향해 내달렸다. 열기 때문에 걷는 속도가 느려져서, 지미는 결국 크랩과 함께 불안하게 걷고 있었다. 걸음을 멈추고 싶었다. 어디로 가는지도, 이 순간들에 대한 이유를 캐내는 것 말고 모든 걸 싹 잊어버리고 싶었다.

지미는 어른이 되어서, 어서 자라서, 자신이 의문을 갖게 된 지점에 대한 답을 알고 싶었다. 크랩을 쳐다보지 않았지만, 그들 사이를 묶고 있는 가시줄 같은 침묵의 줄다리기로 보아 그가 거기에 있다는 걸 알 수 있었다. 존재하는 무언가의 그림자를 잡기 위해 달리고 있을 때처럼, 지미의 심장이 재빠르게 뛰었다.

13

"그게 예전 같지 않구나."

그들이 건널목에 다다랐을 때 크랩이 말했다.

"이게 그게 아니에요?"

"그건 더 커 보이는데."

크랩이 말했다. 강 근처 부드럽고 검었던 땅은 딱딱하고 엷은 색이 되었다. 까칠까칠한 풀이 그들이 막 지나온 작은 언덕에서 건널목까지 펼쳐지며 거의 허리까지 자라고 있었다.

"그때는 저 빌딩들이 없었고……."

크랩은 마지막으로 그곳에 있었던 때가 굉장히 오래되었다고 생각하고 있었다. 거기에는 지붕이 물결 모양인 낮은 빌딩들이나 급수탑의 뒤쪽에 거대한 기계 곤충들처럼 서 있는 거대한 기중기는 없었다.

"가야겠다."

크랩이 말했다.

"그래 가요."

지미가 대꾸했다. 목이 막히고 그 아픔만큼 분노가 솟구쳐서, 예전에 꿨던 꿈들마저 외면하게 할 정도였다.

그래 가요. 그밖에 어떤 말을 할 수 있었을까? 시간도 많지 않았고 또한 그들의 감옥 꿈 조각을 잘라 맞출 세상도 충분하지 않았다.

지미는 자신의 어깨를 꼭 쥐었다 놓는 크랩의 손을 느꼈다. 지미가 반응하며 어깨를 올렸을 때처럼, 손바닥이 떠나고 그다음에 오래도록 심장을 뛰게 만든 손가락들이 떠났다.

그래 가요.

지미는 땅을 내려다보았고, 이어서 자신의 삶에서 걸어 나간 남자를 올려다보았다. 발작적으로 움직이는 그의 어깨가 눈에 들어왔고 뻣뻣한 그의 다리가 생각났다. 아스피린이 떠올라서 곧장 크랩에게 달려가 아프면 곧바로 아스피린을 가져오겠다고 말할까 한참 동안 생각했다. 그 순간이 지나갔다.

그러고 나서 기중기 뒤에서 움직이는 차가 보였다. 차가 멈추고 두 남자가 나와 차 양편에 섰다. 한 사람은 유니폼을 입었고, 다른 사람은 일반인 복장이었다.

지미는 크랩을 보았다. 그도 벌써 그들을 보았다. 꼼짝 않고 서서 그들을 쳐다보고 있었다. 한 남자가 천천히 차 뒷자리로 가서 창문을 통해 엽총을 꺼냈다. 이윽고 그들이 크랩을 향해 총을 흔들었다.

크랩이 돌아서 달리기 시작했다. 두 남자가 차를 타고 그를 쫓아서 들판을 가로지르기 시작했다.

"크랩! 조심해요!"

지미가 그에게 외쳤다.

크랩의 팔이 움직이는 대로 자신의 팔을 움직이며, 지미는 자신도 모르게 크랩에게가 아니라 그가 가고 있는 쪽을 향해 달려가고 있었다. 경찰차가 달려와 크랩과 건널목 사이로 갔다. 크랩이 방향을 바꿔, 잠깐 키 큰 풀 사이로 사라졌다가, 곧바로 다시 나타나서는, 도로 시내를 향해 달려갔다. 두 남자가 차에서 내려 그를 향해 달렸다. 크랩이 달리기 시작했을 때처럼 재빨리 달렸다. 풀밭을 가로질러 전속력으로 달리다가 멈췄다.

경찰들도 멈춰서 그를 쳐다보았다. 총을 든 남자가 총을 들어 올리자 지미의 눈이 빠르게 크랩에게 향했다. 크랩은 가로등 근처에서 몸을 굽히고, 무릎에 양손을 올리고 가슴은 헐떡거리고 있었다.

"양손을 머리 뒤로 올리고 땅에 엎드려!"

총을 든 경찰이 외쳤다.

크랩이 머리를 들고 지미를 바라보았다. 경찰이 총을 쏘기 전에 얼른 엎드리라고 지미가 크랩에게 손짓했다. 크랩이 허리를 펴고, 가로등에 기대어 손을 흔들었다.

크랩이 자신에게 손짓했는지 아니면 경찰에게 손짓했는지 지미는 확신할 수 없었지만 그를 향해 달려갔다. 경찰이 지미를 쳐다보고는 크랩에게 향했다. 크랩이 기침을 하며 전봇대에 매달렸다. 그들이 다가갔을 때 크랩이 땅바닥에 누워, 양다리를 가슴까지 당기고 양팔을 떨고 있었다.

"남자와 함께 땅에 무릎을 꿇어!"

두 경찰 가운데 더 체구가 큰 사람이 지미에게 소리쳤다.

"안 돼! 그 앤 아이야!"

다른 사람이 걸어와서 크랩을 쳐다보며 말했다. 그가 몸을 숙여 크랩의 주머니를 탁탁 더듬고는, 일어서서 갖고 온 무전기에 대고 말하기 시작했다.

크랩이 햇빛으로부터 얼굴을 가리려고 애썼다. 그가 몸을 돌려 다리를 뻗을 때는 얼굴이 고요했다.

"애야, 아들. 미안하다."

그가 심호흡을 했다.

"알아요, 아빠. 알아요."

지미가 말했다.

14

비둘기가 창턱에 내려앉아서, 날개를 두 번 들어 올렸다가 창틀 구석에 자리를 잡았다. 창문은 닫혔고, 지미가 앉아 있는 곳에서는 또 다른 병원 건물만 보였다. 침대에는 구부린 크랩의 오른쪽 다리가 시트에 덮여 있었는데, 무릎이 작은 산꼭대기처럼 보였다. 경찰이 크랩의 왼쪽 발목에 채워 침대 발치에 잠가 놓은 수갑이 보였다. 크랩은 눈을 감고 있었다. 그건 그가 잠을 자고 있기 때문이 아니라, 주변에서 계속되고 있는 일을 알 것 같기도 하고 모를 것 같기도 한 사이, 그 사이 어딘가에서 그의 눈이 감겼기 때문이다. 가끔 그의 다리가 움직였다. 오른쪽 다리는 쭉 뻗은 채, 왼쪽 다리는 체인에 묶인 채 움직이고 있었다.

"칠면조와 으깬 감자가 있어."

흑인 위생병이 갖고 온 쟁반을 하얀 병원 테이블에 올려놓으며 지미를 흘끗 쳐다보았다.

"아이스크림 좋아하니? 아이스크림과 과일 젤리가 있는데."

경찰이 안을 들여다보고 위생병에게 쟁반에서 나이프를 치우라고 말했다.

"그럼 어떻게 칠면조를 먹어요?"

흑인이 이렇게 묻고는 방에서 나갔다.

"내가 한 말 들었소?"

경찰이 위생병을 따라 방에서 나갔다.

지미는 배가 고팠다. 그들이 건널목을 떠난 뒤로, 경찰이 크랩을 경찰차 뒷자리에 태우고 병원으로 데려온 뒤로 아무것도 먹지 못했다. 지미는 감자를 불룩하게 한데 쌓아서, 그 가운데에 구멍을 뚫어 놓았다.

그것은 크랩의 음식이었다. 감자와 칠면조와 크림소스로 버무린 옥수수와 아이스크림. 과일 샐러드가 든 작은 컵과 종이컵에 따른 음료수도 있었다.

일요일이었다. 미스 매켄지와 제시가 일찍이 그곳에 다녀가며, 교회에 갔다가 다시 오겠다고 약속했다.

"크랩을 위해 기도를 시작할 거야. 하느님께서 하실 수 없는 일이라고 해도 시도해 볼 가치가 없는 건 아니란다. 그걸 꼭 명심해야 해. 로건 씨가 우릴 여기 데려다주는 대로 오늘밤이 되기 전에 돌아올게."

미스 매켄지가 이렇게 말했었다.

지미는 그들에게 고개를 끄덕이며 자신은 괜찮을 거라고 말했다. 그들이 떠나자마자 곧바로 크랩이 잠에서 깨어나 고통스러워했다. 그는 방 안을 둘러보며, 지미에게 말을 걸려고 애썼고, 고개를 끄덕여 만족을 표시했다. 그 주변을 쳐다보며, 무슨 일이 자신에게 일어나고 있는지 이해하려고 애썼다. 크랩의 옆구리에는 튜브가 끼워져 있어 폐에서 물을 빼냈고, 구석에서는 기계가 조용하게 윙윙거렸다. 그가 그것을 향해 고개를 끄덕이자, 지미는 간호사가 말해 주었던 걸 거듭해서 말했다.

"간호사를 데려와."

그가 말했다.

지미는 그가 기계를 켜 놓지 않거나, 붕대 아래에 있는 튜브를 원하지 않는다고 생각했지만, 간호사가 들어오자 크랩은 통증을 없애 달라고 말했다. 그녀는 말없이 나갔다가 알약 두 알과 물을 갖고 돌아왔다.

얼마 후에 크랩이 입을 웃긴 모양으로 움직이며, 지미에게 말을 했는데, 입술이 너무 가늘어서 입이 덮히지 않았다.

"넌 말이지, 착하고 중요한 사람이 되어야 해. 이따금 그렇게 살고 싶지 않을 때도 있을 거야. 때로는 일이 잘 돌아가지 않을 때도 있고……."

그의 목소리가 잦아들었다.

"좀 쉬는 게 어때요?"

지미가 말했다.

"그러니까 가끔 넌……."

크랩이 계속 말을 이었다.

"일들이 이렇게 아니면 저렇게 이루어진다고 생각하겠지. 그게 그렇단다. 화려한 곳에 가면……."

지미는 크랩의 눈이 반쯤 감기는 걸 보자 가슴이 뛰었다. 방에서 나와 허둥대고 달리지 않으려 애쓰며 간호사실로 갔다.

"아빠가 이상하게 행동해요."

지미가 말했다.

간호사가 병실로 돌아가는 지미를 따라왔고 경찰이 잡지를 내려놓고 두 사람을 쫓아왔다. 간호사가 크랩의 팔목을 잡고 맥박을 쟀다.

"아빠는 막 잠이 들었어. 주무셔야 해."

간호사가 말했다.

지미는 그가 미스 매켄지를 기다리고 있다고 혼잣말을 했다. 교회에서 기도하고 있는 그녀를 그려 보았다. 감자를 평평하게 펼쳐 놓고 포크를 내려놓았다. 창턱 구석에는 여전히 비둘기가 날개를 부풀리고, 부푼 가슴 깃털에 머리를 박고서 몸을 움츠리고 있었다.

크랩이 거칠게 숨을 내쉬자 지미는 그를 향해 돌아섰다. 그가 몸을 움직이자 침대 옆으로 가서 그의 손을 잡았다. 크랩이 잠깐 동안 간신히 눈을 뜨고서, 웃으려는 듯 입을 활짝 벌렸다. 크랩의 얼굴을 가득 채웠던 한 순간의 따스함이 사라졌어도 지미는 미소를 지었다.

"기분이 어때요?"

지미가 그에게 물었다.

그는 또다시 조용해졌고, 그의 손은 지미의 손안에서 떨고 있었다. 지미는 하얀 베개에 놓은 흙빛의 갈색 머리와, 피곤에 지친 같은 색의 얼굴과, 살짝 벌어진 입, 거의 감고 있었지만 동공의 검고 둥근 가장자리는 보이지 않는 눈을 쳐다보았다.

"크랩? 크랩?"

지미가 외쳤다.

지미가 복도를 지나 간호사실까지 가지 않았는데도 간호사가 나타났고, 그를 살펴볼 때까지 기다렸다.

그녀가 잠깐 동안 시선을 돌렸다가, 이내 한숨을 내쉬고 다시 복도로 내려갔다. 경찰이 노란색 종이를 훑어보고 있었다. 간호사가 되돌아와서 지미의 어깨를 어루만지며 원한다면 의사 사무실에서 가족을 기다리라고 말했다.

15

장례식 날에는 비가 왔다. 장례식은 뉴 베델이라고 하는 교회에서 열렸다. 그 뒤에 무덤들이 울퉁불퉁 줄지어 늘어선 조그만 묘지까지 짧은 거리를 가서, 뚱뚱한 여자가 '주여'라는 노래를 부르는 동안 다들 나무 의자에 앉아 있었다. 지미가 전화로 알렸지만 마마 진은 올 수 없었다. 가진 돈을 모두 지미가 뉴욕으로 돌아올 수 있는 티켓을 사는 데 썼기 때문이다.

"정말 미안하구나, 얘야. 정말 미안해."

그녀가 말했다.

나중에 미스 매켄지와 제시가 로건 씨 차로 지미를 멤피스 기차역까지 데려다주었다. 모두들 지미에게 정말 안타깝다고 말했다. 제시가 지미에게 매리언으로 돌아올 건지 묻자 지미는 안 올거라고 대답했다.

"그럴 거라고 생각했어."

제시가 말했다.

기차를 타고 집으로 돌아오는 내내 지미는 병원에서 크랩이 몸을 움직이며 자신에게 미소 지었던 때를 생각하고 또 생각해 보았다. 그것이 미소였길, 그들이 무언가를 함께했기 때문에, 마지막 몇 분 동안 함께 있었기 때문에 지었던 미소였길 바랐다. 하지만 이따금 기차가 작은 도시들, 역들 주변에 옹기종기 모여 있는 낡은 빌딩들을 통과할 때면, 크랩이 미소를 짓고 있었던 게 아니라, 지미는 아이였고 크랩은 어른이었기 때문에 걱정하는 자신을 비웃은 거라고 생각했다. 지미의 생각은 미소와 비웃음 사이를 오락가락했다. 그것이 비웃음이었다고 해도, 나쁘지는 않았다. 죽음이 불시에 그를 잡아가기 전에, 크랩이 또다시 지미가 너무 어리다는 걸 발견하고 비웃었다고 해도, 나쁘지 않았다. 그것이 미소였다면 더 좋았겠지만.

지미는 자신에게 아이가 생겼을 때를 생각해 보았다. 결코 일어나지 않을 아주 먼 이야기처럼 여겨졌지만 어쨌든 일어날 일이었다. 그 애가 남자아이라면 그 아이와 함께 무엇을 할지도 생각했다. 아이에게 먹을 걸 사 주기 위해 돈을 벌거나, '착하게 굴어라. 그리고 말썽에 휘말리지 마.' 라는 말 외에는 다른 말을 어떻게 해야 할지 모를 수도 있다. 하지만 자신이 알고 있는 모든 비밀을 아들에게 말해 줄 거다. 아들의 눈을 똑바로 들여다보며 진실만을 말하고 아들과 함께 있을 때마다 서로에 대한 것들을 알아 갈 거다. 그래서 우리가 함께 있지 않을 때도 함께하는 그런 관계를 맺을 거다. 나와 아들이 얼마나 닮았는지, 그리고 얼마나 다른지, 어떤 점에서 서로의 마음이 통하는지, 어떤 부분에서 그렇지 않은지도 알게 될 거다. 언젠가는 그 의미를 맞추어 볼 날이 충분히 남아 있지 않을 수 있기 때문에, 아들이 있다면 당장 그렇게 해야 한다는 걸 알았다.

마마 진이 일하고 있을 거라고 말했었지만, 기차에서 내렸을 때 지미는 주위를 둘러보며 그녀가 나왔는지 확인했다. 안내소를 지나 다른 문으로 향하는 비즈니스맨들을 뚫고, 지미는 에스컬레이터를 타고 펜실베이니아 역 로비로 올라갔다. 대머리의 키 큰 남자가 서류 가방을 떨어뜨리자, 가방이 열리며 타일 바닥에 서류들이 흩어졌다. 남자가 그것들을 주워 다시 서류 가방에 집어넣는 동안 지미는 멈춰 섰다가 달려갔다.

아이들이 스포츠카를 둘러싸고 있어서, 그 애들이 학교가 끝나고 나왔는지 보려고 시계를 쳐다보았다. 그러고는 주머니를 뒤져, 지하철 토큰을 찾아서, 지하철과 집을 향해 달렸다.

월터 딘 마이어스는 책과 함께하는 평생 직업을 즐기고 있다. 어릴 적 폭력이 난무하는 뉴욕 할렘 거리에서 성장하면서도 책 읽는 것을 매우 좋아했다. "책은 나를 낯선 땅이나 기상천외한 모험으로 데려갔을 뿐 아니라, 그 후로 계속해서 탐험을 하도록 내 안의 어딘가로 나를 이끌었어요. 공공 도서관은 정말 대단했지요. 내가 가장 좋아했던 일인 독서가 공짜임을 발견했을 때 그 행운을 믿을 수 없었어요."

월터 딘 마이어스는 1937년 웨스트버지니아 마틴스버그에서 태어나, 스스로 인정한 대로 매력적인 삶을 살았다. 이른 나이에 어머니를 여의고, 그 후 할렘으로 보내져 가족의 친지인 딘 가족과 살았다. 그것이 그의 삶을 영원히 형성하는 계기가 되었다.

언어 장애 때문에 월터 딘은 학교생활이 녹록하지 않았다. 좌절해서 주먹을 휘두르는 건 아무 도움이 안 되었다. 많은 성적표가 '다른 아이들과 잘 어울리지 못했다는 사실을 보여 주었다.' 학생들 앞에서 책을 읽을 때 당황했던 그를 언급하면서, 한 교사는 월터 딘에게 확실하게 발음할 수 있는 단어들을 이용해서 글을 써 보라고 제안했다.

"나는 짧은 시들을 쓰기 시작했고, 시의 리듬은 나의 읽기를 도와주었지요. 곧이어 시 다음에 단편 소설을 썼고 내가 이야기하는 걸 좋아한다는 걸 알았어요. 나의 글은 학교에서 내가 칭찬받는 유일한 일이었어요."

대학은 딘 가족의 재정상 무리였다. 월터는 고등학교를 자퇴하고 열일곱 살 생일 때까지 도서관과 공원을 배회하며 책을 읽고 글을 쓰기 시작했다. 그러던 어느 날 입대해 3년을 군대에서 보냈다.

제대 후, 월터는 계속 글을 쓰면서 여러 공장과 우체국의 직원, 건설 노동자와 사무원으로 일했다. 스물두 살에 첫 책을 출판했지만, 작가로서의 경력은 어린이를 위한 다인종 도서 위원회가 후원하는 콘테스트에서 우승했을 때 시작되었다. 우승 작품은 그의 데뷔작이 된 『낮은 어디로 갈까? *Where Does the Day Go?*』였다.

"아마 나의 십대가 매우 흥미로웠기 때문에 늘 십대에 대한 글을 쓰고 있는 것 같아요. 첫 번째 청소년 책은 『날렵한 샘, 냉정한 클라이드와 시시한 일들, *Fast Sam, Cool Clyde, and Stuff*』이었어요. 그 책은 나의 삶을 바꾸었지요. 그때까지 실제 교육도 받지 못했고 기대도 거의 없었어요. 나 자신을 확인시켜 줄 무엇인가가 필요했어요. 가치를 찾아야만 했고, 출판은 내게 그 가치를 주었어요."

월터의 작가 경력이 계속 이어졌지만, 그는 학사 학위를 받기 위해 학교로 돌아갔다.

"내 나이 40대에 작가의 삶을 썩 잘 이해하지 못한 우리 아버지를 매우 기쁘게 하기 위해, 드디어 난 엠파이어스테이트 대학에서 학위를 받았어요."

85권 이상의 책을 쓴, 월터는 교육 출판과 문학 출판에 기여했다. 그는 교도소, 학교, 비행 청소년 단기 수용소를 방문하며 어린이, 교사, 사서와 부모들에게 호소했다. 그는 두 권의 뉴베리 상 후보작, 다섯 권의 코레타 스콧 킹 상과 마이클 L. 프린츠 상 등 다수의 상을 수상했다.

월터 딘 마이어스는 결혼해서 카렌, 마이클, 크리스토퍼, 세 아이를 두었다. 크리스토퍼는 월터와 다수의 작품을 함께한 작가이자 일러스트레이터이다. 그의 이야기를 알려면 『배드 보이: 회고록, *Bad Boy: A Memoir*(하퍼콜린스, 2001년)』을 읽어 보자. 월터의 웹사이트는 www.walterdeanmyers.net.이다.

　"어릴 적 나는 다른 아이들과 잘 지내지 못했다는 걸 알아요. 지금 나는 등장인물의 형태로 나 자신의 '다른 사람들'을 만들어 내며 그들과 꽤 잘 지내고 있지요."

1992년에, 스콜라스틱 출판사는 뉴베리 아너 상과 코레타 스콧 킹 상을 받은 월터 딘 마이어스의 『어둠 속 어딘가』를 출판했다. 최근에, 출판사의 편집자들이 작가에게 책과 작가 경력에 대해 되돌아보게 하는 질문을 했다.

질문 : 지미는 아버지의 과거라 할 수 있는 여러 사람들을 만나고 여러 장소들을 방문함으로써 크랩에 대해 알게 됩니다. 작가 자신의 아버지에 관해 설명해 주는 것을 발견했던 경험이 있나요?

답변 : 없어요. 나의 생물학적 아버지가 뉴욕에 살려고 왔을 때, 나는 그분을 어떻게 이해해야 할지 몰랐어요. 나는 그분이 어떤 사람인지, 그리고 내가 그분으로부터 물려받은 게 있는지 간절히 알고 싶었어요. 그분이 나를 쳐다보며 내게 그분께 물려받은 눈에 띄는 습성이 있는지 이해하려고 애썼던 것만 발견했어요. 나는 그분이 나를 단념했는지 궁금했어요. 나를 싫어했던 건 아닐까? 왜 내게 편지 한 통 쓰지 않았을까? 왜 날 찾아오지 않았을까? 아버지들이 하는 잔소리, 가령 약간의 조언 같은 걸 내게 했었을까? 나를 길러 준 남자인 허버트 딘을 나의 진짜 아버지로 여기고 있는데, 굳이 그분과 만나야 할까?

질문 : 지미에게는 아버지를 알게 되는 단순한 기회만 있었어요. 비슷한 상황에 있는 아이들이 지미와 크랩의 관계에서 무엇을 배울 수 있기를 바라나요?

답변 : 그러한 관계가 쉽지 않아요. 어른들은 종종 어린이들처럼

자신을 이해하는 데 어려움을 겪는다는 거예요.

질문 : 재즈는 작가의 책에서 되풀이되고 있는 요소처럼 보입니다. 왜 재즈가 작가에게 중요한가요?

답변 : 나는 음악 속에서 성장했어요. 음악은 나의 문화유산 가운데 친근한 부분이에요.

질문 : 지미는 크랩과 함께 여행하기 위해 마마 진과 그녀 집의 안락함을 마지못해 떠납니다. 당신은 큰 모험을 할 자신이 없었지만, 그 뒤에 모험을 완수해서 기뻤나요?

답변 : 스스로를 지탱할 방법을 확신하지 못할 때 글 쓰는 직업을 갖기로 결정한 건 큰 모험이었다고 생각해요. 나는 아내에게 놀라운 지지를 받았고 그것이 도움이 됐지만, 여전히 두려웠어요. 맞아요, 그 일을 해내서 기쁩니다.

질문 : 문학을 사랑하는데 글을 읽거나 쓸 줄 모르는 아버지와 함께 성장한다는 건 어떤가요?

답변 : 아버지는 당신의 교육 결핍을 재치 있게 감추었어요. 나는 아버지께서 읽을 줄 모른다는 걸 몰랐고, 어른이 되어 책을 냈을 때야 비로소 신경이 쓰였어요. 나는 아버지의 인정이 필요했고 내 작품 가운데 어떤 것도 절대 칭찬을 받지 못했을 때는, 아버지의 침묵을 불만으로 여겼지요.

질문 : 자라면서 당신의 롤 모델은 누구였나요?

답변 : 대부분의 흑인 소년들처럼, 나는 스포츠 영웅들을 우상시 했어요. 인종 차별 시대에는 비록 유명 인사라 해도 흑인은 가난한 사람들과 같은 지역에서 살라는 강요를 받았어요. 권투 선수 조 루이스처럼 야구 선수 재키 로빈슨은 가끔 우리 동네에 왔었어요. 또다른 야구선수인 윌리 메이스도 종종 동네 아이들과 스틱볼(어린이들이 나무토막으로 하는 약식 야구: 옮긴이)을 했어요. 시인 랭스턴 휴가 우리 교회에서 시 낭송을 했지만, 어린아이여서 시인에게 그리 관심은 없었어요.

질문 : 당신은 해마다 한 차례 몇 주 동안 런던에 여행을 갑니다. 왜 그 여행을 하며 그것이 당신의 글쓰기 작업에 어떤 도움이 되나요?

답변 : 런던에서, 나는 다른 억양과 다른 리듬으로 말이 행해지는 나의 모국어를 들으며, 매혹되곤 해요. 그로 인해 나는 언어와 사람들이 자신에 대해 표현하는 다른 방법들을 더 많이 깨닫지요. 또한 런던을 방문하는 동안에 12편 이상의 연극 공연을 볼 거예요. 연극이 언어와 구조를 이용하는 방법을 보는데, 그렇게 함으로써 나는 나의 작품에 대한 인식을 높일 수 있었어요.

질문 : 아이들이 책 속에서 '자신을 볼' 수 있는 것이 얼마나 중요한가요?

답변 : 좋은 문학 작품을 읽으면 독자들은 작가의 등장인물이나 이야기가 만들어 내는 상황에 공감할 수 있어요. 이런 의미에서, 어

린 독자들은 이 글감에 녹아들어 간 수단을 찾는 일이 중요해요. 책에서 어린이들이 자신들이 배제되고 있다고 여기지 않는 것이 더욱더 중요하고요. 독서를 좋아하는 아이로서, 나는 나의 존재를 반영했던 이야기를 발견했던 적이 거의 없어요. 책에서는 교사들이 받아들이기를 바라는 가치들을 표현하고 있다고 이해한 뒤로, 결과적으로 책 안에 반영된 어린이들의 삶만큼 내가 가치 있는 게 아님을 인정해야 했어요. 이것은 또한 나의 초기 글쓰기에 영향을 주었어요. 내가 읽은 것과 비슷한 글을 썼지요. 학교에서 우리는 대부분 유럽 작가들, 특히 영국 작가들의 작품을 읽었기 때문에, 스타일에서 나의 초기 작품은 이 작가들을 살짝 모방한 것이었어요. 내가 제임스 볼드윈의 단편 소설인 『소니의 블루스』를 처음 읽었을 때 이 책은 철저하게 나를 변화시켰어요. 볼드윈은 미국 흑인들 이야기를 썼을 뿐 아니라, 내 이웃에 대해 글을 쓰고 있었어요. 후에 나는 이것에 대해 볼드윈과 이야기를 나눌 기회를 가졌고, 그는 자신의 글쓰기와 스타일에서 동일한 유럽화를 경험했으며 평가 절하하는 것 같은 느낌을 받았다고 말했어요.

질문 : 아마도 백만 번은 질문을 받았겠지만, 이야기에 대한 아이디어는 어디에서 얻나요?

답변 : 궁극적으로, 이야기의 아이디어는 마음을 자유롭게 움직이게 하는 자발성과 우연히 만난 재미있는 것을 이야기로 구성하는 능력에서 온다고 생각해요. 예를 들면, 최근에 나는 버스를 탄 무슬림 여성을 보았어요. 그녀의 얼굴은 전통 베일에 가려져 있고 유모차

에 예닐곱 달쯤 된 아기를 태우고 있었어요. 아기의 양손은 헤나 문신이 새겨져 있었지요. 여자는 틀림없이 내가 동료에게 아이가 정말 예쁘다고 말하는 소리를 엿들었을 거예요. 그녀가 유모차를 돌려서 우리는 그녀의 자랑스러운 업적을 더 잘 볼 수 있었거든요. 곧바로 나는 그녀의 삶이 어떨지, 그녀의 일상이 어떠했을지, 그리고 그녀가 어떤 생각을 하고 있는지 상상하기 시작했어요. 결국 그녀는 이야기의 주제가 될 거예요.

질문 : 작가는 아들인 크리스토퍼 마이어스와 많은 프로젝트에서 공동 작업을 해 왔어요. 그 과정과 종합적인 경험은 어떠했나요?

답변 : 크리스와 작업하는 건 행운이에요. 예술가로서 그 아이의 작품을 존중할 뿐 아니라, 나는 한 인간으로서 아들을 매우 좋아해요. 하지만 여전히 노력하며 헤쳐 나가야 할 아들과 아버지의 관계가 있어요. 그 애가 나의 아들이기 때문에 다른 예술가들의 작품보다 그 애의 작품에 훨씬 비판적이지요. 고집 센 두 명의 사람이었음에도 우리의 토론은 대체로 원만했고 대단히 정중했어요. 의견에 차이가 있으면 주로 내가 바꾸는 편이에요. 그럴 경우 내 의견대로 따를 수 있기 때문이지요.

질문 : 책을 쓰기 전에 조사를 많이 하나요? 그것은 무엇을 필요로 하나요?

답변 : 대부분의 책들은 일종의 조사가 필요해요. 비록 '팩트'가 허구적 배경을 구성하지만 독자들은 이야기의 팩트를 세세히 알고 싶어 하거든요. 그래서 배경을 현실적으로 인정할 수 있는 배경으로

재창조하지요. 독자에게 등장인물을 잘 제시해서 독자가 등장인물을 충분히 잘 알 수 있게 하고, 등장인물들이 보고 듣고 경험하는 것에 대해 이해하기 위해 등장인물의 타임 라인을 만들지요.

질문 : 글쓰기 일과는 어떤가요?

답변 : 일주일에 5일, 주로 이른 아침에 글을 써요. 글을 쓴다는 것은 내가 컴퓨터 앞에 앉아서 책이나 이야기를 뒤적이고 있다는 의미예요. 글쓰기의 정의를 확대해서 책을 새로 쓰기 시작하는 모든 정신적 과정까지 포함한다면, 일주일에 7일, 하루에 15시간 글을 쓰고 있어요.